1판 1쇄 찍음 2017년 1월 17일
1판 1쇄 펴냄 2017년 1월 24일

지은이 | 정사부
펴낸이 | 정 필
펴낸곳 | 도서출판 **뿔미디어**

편집장 | 문정흠
기획 · 편집 | 한관희 · 선우은지

출판등록 | 2002년 9월 11일 (제081-1-132호)
주소 | 경기도 부천시 원미구 소향로 17번길(두성프라자) 303호 (우) 14544
전화 | (032)651-6513 / 팩스 032)651-6094
E-mail | bbulmedia@hanmail.net
비북스 | http://www.b-books.co.kr

**값 8,000원**

ISBN 979-11-315-7692-2 04810
ISBN 979-11-315-7112-5 04810 (세트)

정사부 현대 판타지 장편 소설
Hunting Frontier
헌팅 프론티어
10
BBULMEDIA FANTASY STORY
뿔미디어

# 목차

# Chapter 1
## 몬스터 웨이브를 대비하다

  203X년 10월, 낙엽이 울긋불긋 색색이 옷을 갈아입는 이때, 대한민국은 여느 때와 다르게 긴장감으로 물들어 있었다.

  벌써 한 달여 이상 계속되고 있는 뉴 어스의 몬스터 이상 상태로 인해 사회 전반적인 부분은 물론, 사람들 사이의 공기까지도 얼어붙은 듯했다.

  그런 상황에서 이미 몬스터에 완전히 점령된 북한 지역에 대한 군사작전을 펼치면서 일어난 중국과의 외교 분쟁은, 대한민국 국민들로 하여금 불안감에 떨도록 만들고 말았다.

  이런 정부의 과감한 군사작전에 대해 환영의 입장을 표하는 일부 국민들도 있었다.

그들은 1950년 발발한 6. 25 한국 전쟁 당시 공산당을 피해 고향을 떠난 실향민들과, 몬스터가 북한을 점령하기 전 극적으로 북한을 탈출해 대한민국의 품에 정착한 새터민들이었다.

물론 이젠 그 실향민 중 남아 있는 사람은 몇 명 없었지만, 그래도 그들과 그 자식들은 어떻게든 고향을 단 한 번이라도 찾아가 남겨두었던 가족들을 위한 제사라도 치르고 싶어 했다.

그러나 대부분의 국민들은 국제사회의 일원으로서 동북아시아의 강국인 중국과의 관계가 악화되는 것에 많은 우려를 나타내고 있었다.

지난 2000년 몬스터 사태 이후 관계가 소원해진 미국과의 외교는 최근 조금 회복되기는 했으나, 국제 관계상 중국과 대립을 할 시 미국이 누구의 손을 들어줄지는 장담할 수 없는 일이었다.

국익이 최우선인 외교 관계에서 우방이라고 해서 마음을 놓을 수는 없기 때문이다.

그나마 다행한 일이 한 가지 있다면, 현재 한국은 세계 각지에서 꼭 필요로 하는 물건을 보유, 생산하고 있는 유일한 국가라는 점이었다. 바로 포션이었다.

한국과 국제적으로 대립하기 위해서는 포션을 아예 수입할 수 없게 되는 상황도 감수해야 하는 것이다. 인명을 좌우하는 일이니만큼 절대 과시할 수 없는 페널티였다.

대한민국 국민들은 다른 나라들이, 아니 이해 당사국인 중국이 쉽게 대한민국과 전쟁을 벌이지는 않을 것이란 막연한 희망을 가지고 뉴스에 촉각을 곤두세우고 있었다.

† † †

똑! 똑!

"들어오세요."

정진은 노크 소리에 대답을 했다.

끼이익!

정진의 대답에 문을 열고 들어온 사람은 아케인 클랜의 부클랜장인 이정진이었다.

"4대 금지를 다녀왔다고?"

자리에 앉지도 않고 집무실에 들어오자마자 급히 물어오는 이정진을 보며 정진이 웃었다.

"뭐가 그리 급하셔서 그래요. 일단 앉으세요."

"그래, 일단 앉아서 이야기하자."

정진의 말에 자신이 너무 성급했다는 것을 깨달은 이정진은 얼른 집무실 한쪽에 놓여 있는 소파에 가서 앉았다.

"조금 있으면 간부 회의가 있는데 먼저 오신 거예요? 번거로우실 텐데."

이정진이 고개를 저었다.

"미리 좀 들어두고 싶었다. 자세한 내용은 회의에서 듣겠지만 간단하게라도 좀 부탁한다."

부클랜장으로서 미리 들어두고 싶은 이정진의 마음을 이미 알고 있는 정진이 미소를 지었다.

그러고는 4대 금지에 대한 정보를 정리한 프린트물을 정리해 집어 들고 한발 늦게 소파 쪽으로 다가와 앉았다.

"앉았으니 이제 말해봐라. 어떻든?"

"짐작대로 4대 금지에 서식하고 있는 몬스터들은 그대로더군요."

"그런……."

이정진은 정진의 확답을 듣고 나자 조용히 침음성을 흘렸다.

정진은 몬스터 이상 증발 사태에 대해 조사하기 위해 아케인 쉘터를 떠나 4대 금지를 돌아보고 왔다.

본래 독룡의 대지에 이어 죽음의 협곡까지만 확인하고, 거인의 왕국은 가지 않으려고 생각하고 있었다.

아무리 7클래스 마스터라 하지만 거인의 왕국은 너무 위험한 곳이기 때문이다.

거인의 왕국은 영원의 숲에서도 지배자로 분류되는 슈페리어급 몬스터가 일반적으로 돌아다니는 곳이다.

타라칸처럼 챔피언급으로 진화한 몬스터는 물론, 로드급 몬스터마저 있었다.

슈페리어급 몬스터를 처리하는 것 자체는 어렵지 않다.

하지만 자칫 처리하는 동안 다른 몬스터들에게 둘러싸여 몬스터 떼를 상대하는 상황이 된다면 정진이라고 하더라도 위험에 처할 수밖에 없었다.

그런데 죽음의 협곡에서 우연히 만난 기연으로 8클래스에 접어들면서 정진은 계획을 수정했다.

거인의 왕국에 존재하는 몬스터들은 대부분 그 크기가 매우 컸다.

정진은 이 점을 이용해서, 위험을 미연에 감지할 수 있는 본능을 가진 타라칸과 함께 먼 거리에서 몬스터의 존재 유무만 확인하는 식으로 거인의 왕국을 살펴보았다.

만약 8클래스에 올랐다 하더라도 자만심에 빠져 함부로 거인의 왕국에 진입했다면 무사히 돌아올 수 있었을지 장담할 수 없었다.

8클래스에 접어든 현재에도 챔피언급 몬스터까지는 어렵지 않게 상대할 수 있을지 모른다.

하지만 로드급이라면 이야기가 좀 달라진다.

슈페리어급만 되어도 몬스터는 인간 못지않은 지능을 갖게 된다.

하물며 지고의 경지인 로드급 몬스터는 이미 몬스터라는 종을 초월한, 그 이상의 존재라고 보아야 했다.

정진은 죽음의 협곡에서 인연을 맺게 된 로난으로부터 로드급 몬스터 중에는 심지어 9서클 러너나 익스퍼트에 해당하는 실력을 가진 몬스터까지도 있다는 사실에 대해 들었다.

거인의 왕국에 처음 진입했을 때 정진은 바로 그런 로드급 몬스터가 있는 영역으로 들어가고 말았다.

다행히 로드급 중에서도 경쟁에서 밀려나 부상을 입은 몬스터의 영역이었기에, 어떻게든 대처해서 몸을 뺄 수 있었다.

만약 생사를 건 싸움이 벌어졌다면 어떻게든 이길 수 있었을지는 모르지만, 이기든 지든 다른 몬스터가 대거 몰려들면서 정진도 목숨을 잃었을 것이다.

이런 상황이었으니 거인의 왕국 중심부로는 들어갈 엄두도 낼 수 없었지만, 거인의 왕국 몬스터들 또한 움직이지 않고 있는 것을 확실히 확인했다.

4대 금지에 있는 몬스터들은 게이트를 통해 오지 않

는다.

정진은 아케인 클랜 입장에서 이 상황을 어떻게 보아야 할지 고민하기 시작했다.

— 대회의실에 간부들이 모두 모였습니다.

인터폰을 통해 비서의 보고를 받은 이정진은 흘끔 정진을 돌아보았다. 정진은 이야기를 하다 말고 멍하니 뭔가를 생각하는 듯 가만히 있었다.

"뭔 생각을 그렇게 하고 있냐?"

"아, 죄송해요. 잠깐 좀 생각하느라……."

"회의실로 옮기자. 혼자 고민하는 것보다 여럿이 이야기해 보면 뭐라도 나오지 않겠냐."

정진이 고개를 끄덕이며 이정진을 따라 자리에서 일어나 집무실을 벗어났다.


아케인 클랜의 대회의실에는 간부들은 물론 각 팀 팀장들이 모두 자리에 앉아 목소리를 낮춰 대화하고 있었다.

대화 내용은 대부분 급히 돌아온 정진에 의해 소집된 이 회의의 내용에 대한 것이었다.

이윽고 대회의실의 문이 열리자, 앉아 있던 사람들이 모두 순간적으로 문을 돌아보았다.

그러나 문 너머로 나타난 것은 진한의 모습이었다. 한참

아케인 스톤을 이용해 훈련을 하던 중에 불려와 조금 아슬
아슬하게 도착한 것이다.

정진이 아니라는 것을 알게 된 사람들은 다시 고개를 돌
리고 각자 대화하는 데 집중하기 시작했다. 진한은 다급한
걸음으로 친구인 정한 옆자리에 걸어와 앉으며 물었다.

"벌써 4대 금지를 확인하고 돌아오신 거야?"

정진이 4대 금지의 몬스터들을 확인하러 간 것은 이미
알고 있었지만, 설마 이렇게 빨리 돌아올 줄은 상상도 하지
못했기 때문에 진한은 꽤 놀란 상태였다.

하지만 정한이라고 뭔가 알고 있는 것은 없었다. 정진이
4대 금지를 살펴본 이후 곧바로 클랜으로 복귀했기 때문이
었다.

"설마 4대 금지를 모두 둘러보고 왔겠냐? 4대 금지라
불리는 곳이 한곳에 몰려 있는 것도 아닌데, 두 곳 정도만
돌아보고 왔겠지."

동생인 정한조차 설마 하는 표정으로 고개를 설레설레 저
었다.

4대 금지의 악명은 그만큼 대단했다.

정한은 정진이 익히고 있는 마법이 대단한 힘이라는 것은
알았지만, 공간을 뛰어넘는 텔레포트와 같은 마법도 있다는
사실은 전혀 알지 못했다.

실제로 정진은 정한의 앞에서 텔레포트나 워프와 같은 마법을 시전한 적 없기 때문이기도 했다.

정진이 그동안 정한이나 다른 클랜원들 앞에서 공간 마법을 사용하는 모습을 보이지 않은 것은, 마법을 통한 공간 이동이 100% 안전하다는 검증을 아직 할 수 없기 때문이었다.

마법을 직접 시전하고 있는 장본인인 자신이라면 혹시나 있을지 모를 위험에도 곧바로 대처할 수 있겠지만, 클랜원들의 입장에서는 공간 이동을 위해 온전히 자신의 마법에 몸을 맡겨야만 한다.

마법이 실패하는 일은 언제나 있을 수 있는 일이기 때문에, 정진은 공간 이동에 확신을 갖기 전까지는 클랜원들에게 말하지 않기로 결심했다.

공간 이동 마법의 존재를 모르는 클랜원들은 정진이 생각 이상으로 빨리 돌아온 것에 놀라워하고 있었다.

"클랜장님 들어오십니다."

먼저 회의장에 도착한 비서가 들어오며 회의실 문을 활짝 열었다.

비서의 말이 떨어지기 무섭게 자리에 앉아 각자 옆 사람과 이야기를 하고 있던 간부들이 자리에서 일어났다.

드르륵!

이정진과 함께 회의실로 들어온 정진이 회의실 가장 안쪽으로 걸어갔다.

"모두 모이셨군요. 자리에 앉으세요."

정진은 자리에 앉아 간부들을 한 명씩 둘러보며 고개를 끄덕였다.

"몬스터 이상 사태에 대한 조사가 모두 끝났습니다. 오늘 회의를 소집한 것은 4대 금지를 돌아본 내용에 대해 여러분께 알려드리고, 다 함께 이에 대한 이야기를 해보고 싶어서입니다."

이어 정진은 조금 전 집무실에서 이정진에게 들려주었던 이야기를 다시 자세히 설명해 주었다.

"4대 금지를 전부 돌아보고 오신 겁니까?"

한 간부가 묻자, 정진은 무심히 고개를 끄덕였다. 간부들은 놀라움을 금치 못했다.

정진의 능력이 대단하다는 건 이미 알고 있는 사실이었지만, 4대 금지를 혼자서 돌아보았다니.

"조사 결과 몬스터는 게이트가 있는 뉴 서울을 기준으로 금지가 없는 동쪽과 남쪽에서 몰려들 것입니다."

정진이 덧붙이자, 사람들의 웅성거림은 더욱 커졌다.

혹시나 싶은 생각에 이진한이 손을 들고 물었다.

"그럼 영원의 숲이나 독룡의 대지에서는 몬스터가 나오

지 않는 것입니까?"

"그렇습니다."

"확실한 것입니까? 혹시라도 쉘터를 비웠을 때 영원의 숲이나 독룡의 대지에서 몬스터가 쏟아져 나온다면 쉘터를 지킬 수 없게 될 것입니다. 그렇게 된다면……."

진한이 걱정스러운 얼굴로 말했다.

아직까지 몬스터 웨이브 때 어느 방향에서 몬스터가 몰려오는지, 그리고 무엇 때문에 4대 금지로 알려진 영원의 숲이나 독룡의 대지, 그리고 죽음의 협곡과 거인의 왕국에 서식하는 몬스터의 모습이 보이지 않는지 알려진 바가 전혀 없었다.

그러니 막연히 정진의 말만 믿고 거점인 쉘터를 포기하고 게이트가 있는 뉴 서울로 간다는 것이 여간 신경 쓰이는 것이 아니었다.

"몬스터는 우리가 생각하는 이상으로 자신의 영역에 대한 집착이 강력합니다. 금지에 있던 몬스터들은 몬스터 웨이브의 영향을 받지 않았고, 자신의 영역에서 움직이지 않고 있습니다. 만약 웨이브의 영향을 받은 몬스터들이 금지 지역의 몬스터들의 영역으로 진입한다면 몬스터들끼리의 전쟁을 벌이게 될 것입니다. 아마 4대 금지 지역을 뺀 다른 지역으로 빙 돌아서 오지 않을까 생각합니다."

정진이 설명하자, 진한을 비롯한 사람들이 고개를 끄덕였다.

"아시다시피 일반 몬스터들은 금지 지역의 몬스터들을 상대할 수 없습니다. 금지로 진입해 준다면 오히려 우리들 입장에서는 고마운 일이지요."

뒤이어 가볍게 농담을 던지자, 사람들은 따라 웃으며 고개를 끄덕였다. 회의실 분위기도 조금은 가벼워졌다.

그때, 뭔가 생각하는 듯하던 김지웅이 한 손을 들었다.

"클랜장님."

"예, 말씀하십시오."

정진이 고개를 끄덕이자, 김지웅이 자리에서 일어나 말을 이었다.

"그렇다면 굳이 저희가 이곳 아케인 쉘터에 틀어박혀 있지 않아도 되는 게 아닙니까?"

김지웅의 말마따나 4대 금지의 몬스터들이 움직이지 않는다면, 아케인 클랜의 입장에서는 굳이 영원의 숲 근처에 남아 있을 필요가 없었다.

그것은 아케인 클랜 근처에 있는 다른 쉘터 또한 마찬가지였다.

몬스터들이 움직이지 않는다면 그 방향으로는 몬스터가 나타날 일이 없기 때문이다. 영원의 숲 근처에 있는 쉘터로는 몬스터가 몰려오지 않을 것이다.

반면 뉴 서울 동쪽에 위치하고 있는 쉘터는 방비를 더욱 튼튼히 하지 않으면 위험할지도 몰랐다.

어느새 사람들의 얼굴에는 불안감이 차차 사라지고, 묘한 흥분마저 감돌았다.

이번 정진이 4대 금지를 살펴보고 온 것은 단지 정찰 이상의 의미가 있었다.

이전 몬스터 웨이브가 있을 때는 어느 방향에서 몬스터가 몰려올지 알 수가 없었다.

몬스터 웨이브를 예견하기도 힘든 일이었지만, 어떻게 저지선을 구축해야 좋을지도 알 수 없으니 작전 자체가 무용지물이었던 것이다.

그러나 이제 최소한 금지가 있는 쪽에서는 몬스터가 나타나지 않는다는 것을 알았으니, 방어를 집중해야 할 장소와 아닌 곳을 구분할 수 있게 된 것이다.

"영원의 숲 인근에 있는 우리 아케인 쉘터와 흰머리산 쉘터, 백두산 쉘터, 독룡의 대지로부터 북쪽으로 40㎞ 가량 떨어진 백화 클랜의 장미 쉘터, 거인의 왕국이 있는 드래곤 산맥의 지류로부터 북서쪽으로 350㎞ 떨어진 곳에 위치한 뉴 대전 쉘터, 그리고 죽음의 협곡 인근에 있는 엠페러 제3쉘터. 이 여섯 곳의 쉘터는 모두 몬스터 웨이브로부터 안전할 것으로 보입니다."

정진의 확답을 들은 사람들은 저마다 흥분된 얼굴로 이야기하기 시작했다.

분위기를 가만히 살피고 있던 정진이 조용히 탁자를 두어 번 두드린 뒤, 또 다른 놀라운 사실을 꺼냈다.

"사실 한 가지 더 말씀드리고 싶은 게 있습니다."

사람들이 모두 다시 정진을 돌아보았다. 시선이 집중되자, 정진이 미소를 지으며 말을 이었다.

"이번 4대 금지를 정찰하면서 우연히 죽음의 협곡에서 던전을 발견했습니다."

그 말에 간부들은 저마다 자신도 모르게 입을 떡 벌렸다.

재수가 좋은 사람은 자다가도 떡이 생긴다고, 정진의 저 행운에는 정말이지 더 이상 할 말도 없었다.

4대 금지의 정찰은 아무리 정진이라고 하더라도 목숨이 위험한 일이 벌어질 수도 있는 위험천만한 일이었다.

그런데 그런 일을 성공적으로 마치고 돌아온 걸로도 모자라, 그곳에서 새로운 던전을 발견했다니, 세상은 불공평하다는 말이 딱 들어맞았다.

사실 일꾼으로 고용되어 게이트를 넘었다가 낙오한 상황에서 마법을 배운 것을 생각하면, '고생 끝에 낙이 온다'는 말은 정진의 일생을 표현하는 말 자체인지도 모른다.

현재 아케인 클랜은 물론이고 정진 본인 또한 누구 하나 함부로 대할 수 있는 사람은 존재하지 않는다. 행운은 정진에게 그만큼 크고 대단한 것을 안겨주었다.

그러나 정진이 마법이라는 강한 힘을 얻고, 아케인 클랜을 이만큼이나 성장시킬 수 있었던 이유는 단지 행운의 여신이 그에게 미소 지었기 때문만은 아니었다.

비슷한 다른 클랜들과 비교해 봐도, 어떤 도움이나 자본도 없이 단 5년 만에 맨땅에서 지금의 위치까지 성장한 아케인 클랜을 보면 그동안 정진이 얼마나 부단히 노력했는지 알 수 있었다.

아케인 클랜의 간부들이 모두 한마음으로 클랜장인 정진을 존경하고 믿고 따르는 데는 그런 이유가 컸다.

하지만 정진의 노력하는 모습과는 별개로 하늘이 도와주는 듯한 저 행운은 여전히 믿기 힘든 것도 사실이었다.

'와, 우리 형이지만 너무하는 거 아냐?'

동생인 정한조차 혀를 내둘렀다.

얼마 전 직접 경험해 본 아케인 아카데미만 해도 외부에 밝혀진다면 엄청난 혼란을 야기할 수 있는 발견이었다.

그런데 4대 금지 중 한 곳인 죽음의 협곡에서 또 다른 던전을 발견했다니……

사실 헌터들 사이에선 죽음의 협곡 내부에서 던전을 보았다고 하는 소문이 돌기도 했다.

다른 지역이야 그렇다 치더라도, 죽음의 협곡에 들어가는 것은 헌터계에서는 자살 행위처럼 치부되고 있었다. 왜냐하면 한 번 들어간 사람은 무조건 죽거나 미쳐 버렸기 때문이다.

헌터 협회에서는 죽음의 협곡에 대해서는 다른 금지들보다도 더욱 강력하게 접근하지 말 것을 권고하고 있었다.

그러나 던전이 있다는 사실이 알려진 뒤로, 헌터 협회의 경고를 무릅쓰고 죽음의 협곡에 접근하는 헌터들이 종종 있었다.

수많은 시도가 반복된 끝에, 그나마 해가 있는 낮에는 안전하다는 사실이 알려지면서 헌터 협회는 어쩌다 들어갔더라도 해가 지기 전에는 무슨 일이 있어도 빠져나오라고 거듭 경고하고 또 경고했다.

하지만 욕심을 버리지 못한 사람들은 조금만 더 하면 일확천금을 노릴 수 있다는 생각에 쉽사리 발걸음을 돌리지 못했다.

아직까지도 죽음의 협곡에서 벌어진 수많은 헌터들의 죽음에 대한 원인은 밝혀지지 않은 상태였다.

죽음의 협곡에 들어갔다가 멀쩡히 돌아온 사람은 그동안 아무도 없었고, 지금 그들의 눈앞에 있는 정진이 바로 그 유일한 사람이었다.

그런데 아무렇지도 않게 돌아와서 하는 말이 던전을 발견했다니.

그 말인즉 지금까지 밝혀지지 않은 죽음의 협곡의 미스터리가 밝혀질 수도 있다는 말이었다.

저마다 입을 딱 벌린 채 아무 말도 하지 못하고 있는 사람들 사이에서 간신히 정신을 차린 김지웅이 재빨리 물었다.

"그냥 나오진 않았겠지?"

"당연하죠. 그곳은 일반 던전이 아니라 아케인 아카데미처럼 이곳 뉴 어스에 존재했던 아케인 왕국의 교육 시설이었습니다."

사람들은 벌리고 있던 입을 더욱 크게 벌렸다.

"교육 시설?"

"그럼 또 다른 아카데미?"

"아, 물론 지금 우리가 사용하고 있는 아케인 제국 시절의 시설은 아닙니다. 이름은 같지만 건설 시대가 달라요. 그리고 가지고 있는 마법 체계도 조금 다르고요."

"응? 그건 또 무슨 소리야? 이름은 같지만 시대가 다르다고?"

김지웅이 고개를 갸웃거리며 물었다.

"전에 설명해 드린 적 있죠? 뉴 어스에 존재했던 문명은 몇 번이나 탄생하고 멸망하기를 반복했다는 거요."

"그랬지. 우리가 사용하고 있는 아케인 아카데미는 엄청나게 오래전의 고대 마도 제국인 아케인 제국이란 곳의 유산이라고 했잖아."

정진이 고개를 끄덕이며 다시 확인해 주었다.

"이번에 제가 발견한 곳은 아케인 왕국 시절의 것입니다. 아케인 제국이 멸망하고 나서 한참 뒤에 세워진 문명이죠."

정진은 죽음의 협곡 던전 벽에 새겨져 있던 고대 뉴 어스의 역사를 간부들에게 전달해 주었다.

"어떻게 그런 일이 가능한 걸까요?"

정진의 이야기를 모두 들은 간부들은 하나같이 모두 그런 생각을 하였다.

그렇게 긴 시간 차이가 있는 두 나라가 서로 이름이 같고, 똑같이 마법이 극도로 발달했으며, 비슷한 이유로 마법사 집단과 흑마법을 익힌 마법사 집단이 충돌을 하였고, 둘다 그 과정에서 멸망했다니 신기하기 그지없었다.

다만 마도 문명의 정점을 찍었던 아케인 제국 시절에는

마법의 정점인 마도사들이 모든 것을 좌우했다면, 후대의 아케인 왕국은 고대 마도 제국인 아케인 제국보다 마법의 실력이 한참이나 떨어져 그것을 대체하기 위해 마도 병기를 발전시켰다는 것이 차이점이었다.

현재 헌터들이 던전에서 찾아낸 아티팩트는 바로 아케인 왕국이 있던 시절에 만들어진 것들이었다.

아케인 왕국이 있던 시대에는 아케인 왕국뿐만 아니라 주변국에서도 서로 경쟁을 하듯 마법사들의 집단인 마탑을 후원하거나 마법사를 양성하여 다른 왕국에 뒤처지지 않게 경쟁을 하였다.

그리고 지구에서도 그렇듯 뉴 어스에서도 전쟁이 문명의 발전을 이끌었다.

마도라는 학문 자체는 아케인 제국에 비해 떨어지던 아케인 왕국이었지만, 다른 왕국과의 전쟁을 통해 수많은 마도 병기들을 탄생시켰다. 그리고 그 최종 결과물이 바로 타이탄이었다.

여기까지 들은 아케인 클랜의 간부들은 입을 다물 수가 없었다.

"현재 미국이나 독일, 그리고 일본 등에서 개발한 대몬스터 병기인 아머드 기어나 파워 슈트 등은 모두 이 아케인 왕국의 던전에서 발굴된 타이탄과 마갑을 기초로 만들어진 것이라 할 수 있습니다."

"저, 그런데 타이탄이란 것이 도대체 정확히 뭡니까?"

한참 정진의 이야기를 듣던 권진국은 정진에게 물었다.

대체 타이탄이 어떤 것이기에 지구상의 최고의 몬스터 병기라 불리는 아머드 기어가 그것의 짝퉁이라는 것인지 알 수가 없었던 것이다.

아케인 클랜의 헌터들이 무장하고 있는 매직 아머가 대단하다고는 하지만, 5m의 높이에 총 중량 18톤에 이르는 아머드 기어에 비하면 상대가 되지 않는다고 권진국은 생각했다.

이러한 의문을 가지고 있는 간부는 권진국 말고도 많았다.

"흰머리산 던전에서 타이탄이 발굴된 적이 있습니다. 뉴스로도 나갔었는데 기억하시나요?"

정진이 말하자, 사람들은 저마다 고개를 갸웃거렸다.

사실 타이탄이라는 이름 자체가 아직까지도 아는 사람만 알고 있는 그런 이름이었다.

아머드 기어를 개발하기 위해 힘쓰고 있는 국가나 기업 측에서도 극히 일부 인물들만이 알고 있는 이름.

이전까지는 발굴을 하고서도 온전한 형태가 아닌 타이탄

의 파트만을 발굴했기에, 동상이나 어떤 것의 부속품이라고 생각할 뿐 그것이 병기일 것이라고는 아무도 생각하지 못했다.

최초로 타이탄, 탑승형 병기라는 것이 지구에 알려진 것은 5년 전 노태 클랜이 흰머리산 던전에서 발굴해 낸 2기의 타이탄 때문이었다.

총 3기를 발굴했지만, 노태 클랜의 사장이었던 노인태는 욕심을 부려 몰래 1기를 빼돌렸다. 때문에 정부에 공식적으로 보고한 숫자는 2기였다.

노인태는 이 사실을 뒤늦게 알게 된 당시 헌터 협회 부회장 차현수에게 타이탄을 빼앗겼다.

결국 타이탄들 중 1기는 중국으로 밀반출되었고, 다른 2기는 각각 미국과 일본에 판매가 되었다.

일반에는 그것이 무엇인지는 언급하지 않은 채, 던전에서 발굴된 새로운 유물을 수출하였다는 식으로만 보도되었다.

그러니 아케인 클랜의 간부들이 잘 감을 잡지 못하는 것도 당연한 일이었다.

5년 전 잠깐 언급되었다가 사라진, 실물조차 우리나라에는 남아 있지 않은 물건을 기억할 리 없는 것이다.

"약 10m 크기를 가진 인간형 병기입니다. 중세 시대 기사가 입는 풀 플레이트 아머를 크게 만들었다고 생각하면 됩니다."

정진이 설명하자, 간부들은 저마다 머릿속으로 약 4층 건물 크기의 거대한 갑옷의 모습을 떠올렸다.

"타이탄은 인간이 탑승을 하여 운용을 하는 병기로 아머드 기어와 비슷합니다. 다만 아머드 기어는 드라이버가 기계적인 작동으로 운용하는 것이라면, 타이탄은 일정 자격을 취득한 오너가 타이탄의 에고와 협조하여 운용하는 일종의 인공 생명체입니다."

사실 정진 자신도 타이탄에 대해서 자세히 알고 있는 것은 아니었다.

직접 설계를 한 것도, 탑승해서 운용해 본 것도 아니기에 정진의 설명은 로난으로부터 막연하게 들은 설명을 좀 더 지구 사정에 맞게 바꾼 것에 불과했다.

하지만 이번 몬스터 웨이브 사태가 끝나고 나면 로난과 함께 타이탄에 대한 연구를 해보기로 약속했다.

사실 정진은 내심 그때를 기다리는 중이었다.

"일정 자격이라면, 어떤 자격 조건이 있는 겁니까?"

재욱이 특히 큰 호기심을 보이며 질문했다.

실제 아머드 기어 드라이버이면서 아케인 클랜의 아머드 기어 팀을 이끌고 있는 팀장인 만큼, 뉴 어스 고대 왕국의 대몬스터 병기에 호기심이 생긴 것이다.

질문을 들은 정진은 잠시 턱을 쓸며 고민하다 어렵게 대답했다.

"타이탄의 에고에 따라 조금씩 다릅니다. 일반적으로는 익스퍼트, 그러니까 지금 기준으로 한다면… 최소 헌터 라이선스 4급은 되어야 타이탄의 에고와 계약할 수 있겠군요. 까다로운 에고가 걸린다면 4급으로도 어림없겠지만 말이지요."

"헐……."

여기저기서 허탈한 한숨 소리가 터져 나왔다. 정진이 말한 기준이 너무도 높았기 때문이다.

물론 이 자리에 있는 아케인 클랜의 간부들 중 방금 언급한 4급 라이선스를 가지고 있지 못한 간부는 아무도 없었다.

일부 간부는 헌터들 중 최상급인 3급 라이선스를 취득한 이들도 있었다. 재욱을 비롯한 모든 아케인 클랜 초창기 멤버들은 3급 라이선스를 가지고 있다.

부클랜장인 이정진은 조만간 2급 라이선스에 도전을 할 계획을 가지고 있었다. 세계 최초로 3급 라이선스를 취득한 사람이 바로 그였다.

더욱이 클랜의 마스터인 정진의 경우 현재 존재하는 등급으로는 측정하는 것조차 불가능한 초인이었다.

아케인 클랜의 간부들은 물론이고 소속된 헌터들까지도 이런 아케인 클랜에 소속되었다는 것에 대한 자부심이 컸다. 세간의 인식으로도 아케인 클랜이라는 이름 자체가 곧 대단한 실력을 가지고 있다는 반증이나 다를 바 없기 때문이다.

그런데 타이탄의 오너가 되는 최소 기준이 4급이라니, 기준이 까다로워도 보통 까다로운 것이 아니었다.

심지어 방금 정진은 까다로운 에고라면 4급도 어림없다고 말했다.

"도대체 어떤 병기이기에 병기가 자신을 조종할 드라이버를 고른단 말입니까? 허……."

말을 하던 재욱은 고개를 절레절레 흔들며 뒷말을 흐렸다.

그건 비단 류재욱뿐만이 아니었다. 다른 간부들도 모두 허탈한 표정을 지었다.

반면 정진과 함께 흰머리산 던전을 탐사했던 김지웅의 눈빛은 뭔가 결심을 한 것처럼 반짝이고 있었다.

정진은 간부들의 반응에 미소를 지었다. 하지만 지금 중요한 것은 타이탄이 아니었다.

"타이탄에 대해서는 나중에 몬스터 웨이브가 끝난 뒤

에 다시 한 번 언급하도록 하겠습니다. 일단은 4대 금지의 몬스터가 몬스터 웨이브가 시작될 때 그쪽에서 밀려드는 몬스터를 막는 방파제가 될 것이니, 우린 다른 곳에서 게이트로 밀려드는 몬스터를 막아야 합니다. 아케인 클랜으로서 어떻게 움직이는 것이 좋을지 고민해 봐야겠죠."

정진은 진지한 얼굴로 클랜원들을 돌아보았다.

"저는 몬스터 웨이브가 올 곳으로 예상되는 곳에 건설된 쉘터를 1차 방어 지점으로 상정하고, 그쪽으로 지원 인력을 보냈으면 합니다. 몬스터가 게이트를 통과하지 못하게 게이트 주변을 방어하는 게 가장 중요합니다."

간부들 또한 고개를 끄덕여 정진의 말에 동의했다.

뉴 어스에 있는 쉘터들을 지켜낸다고 해도 끝이 아니었다. 뉴 어스의 몬스터들이 게이트를 넘어 지구로 가지 못하도록 해야 모두 막아냈다고 할 수 있는 것이다.

"일부는 몬스터들의 진행 방향에 있는 쉘터들을 지원하고, 남은 인원들은 게이트가 있는 뉴 서울 쪽을 방어하는 게 좋을 것 같습니다."

그러자 간부들은 저마다 소속 팀의 등급과 병과에 맞게 보낼 수 있는 인원을 분류하고, 손을 들고 한 명씩 의견을 말하기 시작했다.

† † †

긴장감이 감돌고 있는 것은 대한민국 헌터 협회도 마찬가지였다.

회의실에서는 협회 간부들이 지켜보는 가운데, 뉴 서울 헌터 협회 지부장인 윤성식이 이기동과 한창 대화하고 있었다.

"윤성식 차장."

"예, 회장님."

윤성식은 자리에 앉은 채 마치 군기가 바짝 든 신병처럼 대답했다.

창밖을 보고 있던 이기동이 조금 상기된 얼굴로 그를 돌아보았다.

"방어 준비는 잘 되고 있습니까?"

"예, 계획대로 진행되고 있습니다. 바리케이드 설치는 이미 완료되었고, 헌터들의 배치도 끝났습니다. 각 지부로부터 충원된 인원도 모두 준비시켰습니다."

윤성식이 문제없다는 듯 대답했지만, 이기동의 얼굴에서는 걱정스러운 표정이 떠나지 않았다.

"잘 하고 있을 것이라 생각하지만, 이전의 몬스터 웨이브

때를 떠올려 보면 3차 때도, 그리고 2차 때도 항상 준비는 완벽했습니다. 아무리 해도 부족하다는 생각으로 철저하게 준비해 주세요."

"알겠습니다. 다시 한 번 확인하겠습니다."

"그래요, 내 윤성식 차장만 믿겠습니다."

"감사합니다."

윤성식은 입가에 미소를 지으며 고개를 숙여 보였다.

윤성식에게서 시선을 돌린 이기동이 다른 간부들을 바라보며 입을 열려던 그때, 조용한 회의실 문밖에서 인기척이 들려왔다.

똑, 똑.

그리고는 가벼운 노크와 함께 누군가 들어와, 회의실 가장 안쪽에 앉아 있는 이기동에게 다가가 귓속말로 무언가 속삭였다.

회의실에 앉아 있는 헌터 협회 간부들은 모두 의아한 얼굴로 이기동 쪽을 바라보았다.

전달을 끝낸 비서가 다시 문을 닫고 나가고, 이기동은 복잡한 얼굴로 조용히 고민에 빠졌다.

"음……."

'이게 과연 좋은 소식일지, 나쁜 소식일지…….'

이기동의 머릿속이 복잡한 데는 다른 이유가 없었다.

처음 몬스터 웨이브의 전조 현상인 몬스터 증발에 대한 보고를 받았을 때, 이기동은 즉시 매뉴얼대로 각 헌터 클랜에 지원 연락을 취하도록 지시했다.

그런데 당장 게이트를 지키러 달려올 줄 알았던 클랜들의 대답은 'No'였다. 이전 몬스터 웨이브 때와는 상황이 많이 바뀐 것이다.

이전 몬스터 웨이브 때는 뉴 서울과 뉴 대전, 단 두 곳의 쉘터가 있었지만, 이제는 웬만한 대형 클랜의 대부분이 쉘터를 갖고 있었다.

쉘터의 증가로 뉴 어스에 대한민국의 영역이 늘어난 것은 환영할 일이었으나, 몬스터 웨이브로부터 방어해야 할 곳도 늘어나게 된 것이다.

클랜들은 각자가 보유하고 있는 쉘터를 방어해야 하기 때문에 헌터 협회의 요청에도 소속 헌터들을 움직일 수 없다고 판단한 것이다.

특히 가장 강력한 전력을 지닌 3대 클랜의 헌터들은 보유하고 있는 쉘터도 많았다. 3대 클랜에서는 게이트가 있는 뉴 서울과 뉴 대전 쉘터의 방어에 도움을 줄 수 없다는 답변을 보내왔다.

발등에 불이 떨어진 헌터 협회는 다급히 공고를 띄우고 각지에 연락을 취했다.

그래서 어떻게든 몬스터 증발 현상으로 일거리가 사라진 일반 헌터들과 아직 쉘터가 없는 클랜들로부터 협력을 받을 수 있었지만, 통보받은 당시에는 눈앞이 깜깜했을 정도였다.

대신 3대 클랜에서는 게이트 방어선의 전면에서 각 클랜의 쉘터들을 거점으로 하여 1차 저지선을 구축하겠다는 계획을 내놓았다.

이기동은 한편으로는 다행일지도 모른다고 생각했다.

이전 몬스터 웨이브 때는 대형 클랜들로부터 협조를 받았지만, 그때는 헌터들이 서로 다른 클랜들과 경쟁을 하면서 거의 통제 불능에 가까운 상태였다.

몬스터라는 공동의 적을 앞에 두고도 각 클랜을 지원하는 기업들의 관계에 따라 헌터들끼리의 알력 다툼이 있었고, 저들끼리 파벌을 만들고 지원에 비협조적으로 나오는 통에 도저히 작전대로 운용할 수가 없었다.

결국 내부의 문제를 해결하지 못한 그들은 몬스터 웨이브 앞에 무너졌고, 뉴 서울과 뉴 대전 쉘터의 방어선이 뚫리면서 몬스터들이 대거 게이트를 넘고 말았다.

그 결과는 몬스터들에 의해 처참히 짓밟힌 국토와 수많은 사상자들이었다.

이기동은 아직도 그때를 떠올리면 치가 떨리고 오금이 굳어지는 듯했다.

3대 클랜이 각자의 쉘터를 방어하겠다고 선언하자, 각 기업들의 후원을 받는 다른 클랜들에서도 각자의 쉘터를 방어하겠다는 연락을 보내왔다.

연락을 받은 당시에는 조금 괘씸하기도 했지만, 억지로 함께 싸우도록 하여 같은 일을 반복하느니 차라리 각자 쉘터를 방어하도록 하는 게 더 통제하기 좋을 것이라고 판단했다.

실제로 같은 클랜의 다른 쉘터들이나, 인접한 쉘터들끼리 협력하도록 협회 차원에서 지시하자 오히려 이전보다 원활하게 통제할 수 있게 되었다.

각 클랜 내부에서 만든 지휘 체계를 인정해 주는 대신 지휘관과 직접 연락할 수 있는 협력 관계를 공고히 한 것이다.

때문에 이전에 비해 전력은 다소 떨어졌지만, 통제력이 좋아진 만큼 방어 준비와 작전 수립이 원활하고 진행도 빠르다는 장점이 있었다.

이기동은 한숨을 내쉬며 비서가 전달한 내용을 다시금 떠올렸다.


"아케인 클랜으로부터 연락이 도착했습니다. 몬스터 웨이브의 진행 방향을 파악했다고 합니다. 4대 금지가 있는 방향으로는 몬스터가 접근하지 않을 테니, 게이트 방어선과 전력이 부족한 쉘터에 헌터를 파견해 주겠답니다."

아케인 클랜에서 협력하겠다고 한 자체는 고마운 일이었지만, 이 일이 자칫 지금까지 잘 통제되고 있던 헌터들을 자극할까 내심 걱정이 되었다.

이미 방어선에 배치되어 있는 헌터들에게 지휘 체계를 확실히 주지시켜 두었는데, 아케인 클랜이 뒤늦게 추가 전력으로 투입된다면 기존의 전력과 마찰이 빚어질 수도 있었다.

뿐만 아니라 소속이 없는 일반 헌터들은 위에서부터 내려오는 지시와 현장에 있는 아케인 클랜 헌터들의 의견 사이에서 우왕좌왕할 수도 있었다.

이기동은 머리가 아파오는 것을 느끼며 한숨을 내쉬었다.

'그래도 몬스터 웨이브의 진행 방향을 알아낸 것은 다행인가. 그래, 좋은 소식이지.'

도움을 주겠다는데 나쁘게 생각할 필요는 없었다.

이기동은 애써 자신을 위안하며 표정을 고치고는 궁금해하고 있는 간부들을 향해 말했다.

"방금 전 좋은 소식이 들어왔습니다. 몬스터가 어느 방향에서 접근해 올 것인지 알아냈다고 합니다."

"아니, 그게 정말입니까?"

"몬스터 웨이브가 어떻게 올지 예측할 수 있는 겁니까?"

회의장 여기저기서 질문이 쏟아졌다.

이기동이 테이블을 몇 차례 손바닥으로 두드리며 일어섰다.

"조용! 조용히 하세요."

"음……."

회의장 내부의 분위기가 조용해지자, 이기동이 일어선 채로 비서가 가져온 소식에 대해 말해주었다.

"…이상이 아케인 클랜에서 전해온 소식입니다."

저마다 놀란 표정으로 이기동의 말을 듣고 있던 간부들은 이기동의 말이 끝나자마자 웅성거리기 시작했다.

"어떻게 알아낸 겁니까? 몬스터 웨이브의 진행 방향은 거의 예측이 불가능한 게 아니었나요?"

어수선한 분위기 속에서 한 간부가 이기동에게 질문했다. 그러자 그 맞은편에 앉아 있던 다른 간부도 물었다.

"맞습니다. 현재 뉴 어스에는 몬스터들이 전부 자취를 감춘 상태 아닙니까?"

다른 간부들도 의아한 얼굴로 이기동을 돌아보았다.

사람들의 집중된 시선을 받으면서도 이기동은 줄곧 담담

한 얼굴이었다. 정진의 끝을 알 수 없는 능력에 대해 잘 알고 있는 그는 이미 정진이 했다고 하면 '그렇군' 하고 고개를 끄덕일 정도였기 때문이다.

"정정진 클랜장이 직접 뉴 어스의 4대 금지를 돌아보며 정찰해서 알아낸 사실이라고 합니다."

그의 손에는 아까 전 소식을 전하러 들어온 비서가 가져온 자료가 들려 있었다.

자료는 아케인 클랜에서 헌터 협회로 전달한 문서로, 정진이 4대 금지를 돌아보며 확인한 내용이 간단히 정리되어 있었다.

"4대 금지라니, 그럼 사라진 몬스터들이……?"

한 간부가 중얼거리자, 이기동은 고개를 저으며 입을 열었다.

"4대 금지는 아시다시피 협회에서 지정한 위험 지역이지요. 지난 2, 3차 몬스터 웨이브에서 4대 금지에 서식하는 강력한 몬스터들은 나타나지 않았다는 사실을 모두 아실 겁니다."

간부들이 고개를 끄덕이자, 이기동이 덧붙였다.

"정정진 클랜장은 그 점에 착안해서, 4대 금지의 몬스터들은 게이트를 향해 움직이지 않는 것인지 확인하기 위해 간 것입니다. 그리고 예상대로 4대 금지에 있는 몬스터들은 몬스터 웨이브와는 상관없이 기존의 영역에 그대로 있었다고 합니다."

간부들은 저마다 혀를 내두르며 놀라워했다.

"4대 금지에 단신으로 들어가다니……."

"그런 무모한 짓을……."

"정정진 클랜장은 4대 금지의 몬스터들이 움직이지 않고 있는 만큼, 다른 몬스터들이 4대 금지를 빙 돌아서 게이트로 접근할 것이라고 예측했습니다. 통과한다고 해도 게이트까지 접근하지 못하겠지요."

"4대 금지가 일종의 방파제 같은 역할을 하는군요."

이기동의 설명을 들은 한 간부가 고개를 끄덕이며 감탄하자, 다른 간부들이 기묘한 표정을 지었다.

접근할 수 없는 위험 구역으로 분류되던 4대 금지가 게이트를 지키는 방파제라고 하니 왠지 이상한 느낌이 든 것이다.

"아케인 클랜에서는 아케인 쉘터는 4대 금지 중 하나인 영원의 숲 근처에 있기에 방어가 불필요할 것이라고 판단하고, 쉘터를 방어하기 위해 준비하고 있던 전력을 지원하겠다고 연락했습니다. 일부는 전력이 부족한 쉘터에 파견하고, 나머지는 뉴 서울과 뉴 대전 쉘터 방어에 투입하겠다고 합니다. 또 몬스터를 상대하기 위해 준비하고 있던 인챈트된 볼트와 화살을 게이트 방어 인력을 위해 지원해 주겠다는군요."

"매직 웨폰을 제공하겠다니, 아케인 클랜은 볼수록 대단한 곳이군요."

처음 질문한 간부가 감탄하듯 말하자, 다른 간부들도 고개를 주억거렸다.

인챈트된 볼트와 화살을 지원하겠다는 말은 말이야 간단하지만, 게이트를 방어하는 인력이 한둘이 아닌 만큼 결코 한두 푼이 드는 작업이 아니었다.

그런데 헌터들을 파견하는 것도 모자라 무기도 지원하겠다고 하니, 간부들은 저마다 상기된 표정을 감추지 못했다.

매직 볼트나 화살을 협회나 아케인 클랜으로부터 구입하려고 하면 어느 정도의 값을 치러야 하는지 알고 있는 만큼, 머릿속에서 저절로 지원하는데 들 비용이 계산되는 것은 어쩔 수 없었다.

더욱이 매직 볼트는 제대로만 명중시키면 중(重)형 몬스터도 한 방에 보낼 수 있을 정도로 강력한 무기였다.

아케인 클랜에서 매직 볼트를 지원해 주겠다고 약속했으니, 게이트를 방어하는 헌터들의 생존율이 대폭 상승할 것이었다.

직접 방어선에 파견되지는 않지만, 직계 부하들이나 지인들, 혹은 가족들이 투입되어 있는 간부들이 많았다. 이전에 비해 약해진 전력 때문에 내심 걱정이 많았던 간부들의 얼굴은 한층 밝아져 있었다.

# Chapter 2

## 몬스터 웨이브

　게이트 사태 이후 중국의 성장은 전 세계에서도 단연 돋보이는 것이었다.

　본래 공산주의 국가로서 타국에 비해 낙후된 경제 체제를 갖고 있던 중국은 막 경제 성장을 하려던 차에 게이트 사태를 맞이했다.

　넓은 국토를 가지고 있다 보니 무려 세 개나 되는 게이트가 열렸고, 세계의 이목도 집중되었다.

　그러나 그 위기를 발판으로 중국은 세계 최강의 나라로 거듭나는 길을 걷게 되었다.

　게이트 발생으로 전 세계가 혼란스러웠던 당시, 중국은 엄청난 숫자의 인민군과 은거한 채 오랜 기간 무술을 수련한 무인들을 바탕으로 몬스터에 대응하기 시작했다.

그리고 다른 국가들보다 한발 앞서 몬스터를 연구하여 몬스터 산업을 발전시키기 시작했다.

그러다가 차츰 몬스터에게서 추출할 수 있는 마정석이 고갈되는 화석 연료를 대체할 수 있는 신에너지 자원으로서 가치가 있다는 사실이 알려지게 되었다. 중국은 준비된 헌터들이나 다름없는 은거 기인들을 다수 보유하고 있었다.

무인들을 헌팅 인력으로 차출한 중국은 가장 먼저 게이트 너머 몬스터 헌팅을 시도하여, 금세 세 개나 되는 게이트로부터 마정석을 수집하여 판매할 수 있는 유통 루트를 만들어 냈다.

부가 가치가 높은 대몬스터 병기나 각종 장비들의 개발과 같은 고차원적인 몬스터 산업은 가장 먼저 게이트가 출현한 미국에서 발전하였다. 그러나 몬스터 산업을 비롯한 현대 산업의 새로운 에너지원이자 가장 기본적인 재료인 마정석과 각종 부산물이 제일 많이 생산되는 곳은 중국이었다.

그렇게 중국은 게이트 사태 이후 무시무시한 속도로 발전하여 미국과 어깨를 나란히 하는 강대국으로 발전하였고, 지금에 와서는 어떤 국가도 중국을 무시할 수 없게 되었다.

비룡성.

이곳은 뉴 어스에 건설된 중국 소속의 쉘터였다.

비룡성 내부에는 갑작스럽게 벌어진 몬스터 증발 현상으로 일감이 사라진 헌터들이 복귀해 있었다. 언제 몬스터가 다시 나타날지 모르기 때문에 쉘터 내에서 긴급 사태를 대비해야 하는 것이다.

이미 달이 떠오른 뉴 어스의 비룡성을 둘러싼 방벽 위에는 늘어지는 듯한 밤바람과 경비를 서고 있는 헌터들뿐이었다.

지평선을 나른하게 바라보고 있던 왕위가 문득 말했다.

"걸안."

"왜?"

계속 쏟아지는 졸음을 참지 못하고 거의 대놓고 졸고 있던 주걸안은 눈도 뜨지 않은 채 대답했다.

말을 건 왕위도 졸리기는 마찬가지였다.

보통 같았으면 이렇게 방벽 위에 멍청하게 서 있을 일은 전혀 없었다. 헌팅 팀에서 부지런히 돈을 벌고 있었을 텐데, 몬스터들이 흔적도 없이 사라져 버린 것이다.

하루 종일 아무것도 보이지 않는 평원을 그저 바라보고 있는 것도 지루한데, 이미 몬스터 증발 현상이 일어난 지도 한 달이 넘어가고 있었다. 왕위는 정말 지루해 죽을 지경이었다.

그렇지만 이미 중국 정부에서 모든 헌터들에게 각 쉘터와 게이트 주변을 지키라는 동원령을 내렸기에 쉘터를 벗어날 수도 없었다.

몬스터 웨이브가 있을 것이란 경고가 각국에 전달이 되면서 중국 또한 게이트 인근에 거주하는 민간인들을 소개하고, 헌터들을 배치하기 시작했다.

하지만 언제 몬스터 웨이브가 발생할지는 정확하게 알 수 없는 일이었기에, 긴장한 상태로 마냥 기다려야만 하는 헌터들은 이미 지칠 대로 지쳐 있었다.

중국 헌터 협회는 헌터들에게 나태해지지 말 것을 경고했지만, 그것도 처음뿐이었다.

방벽을 벗어나지 못한 헌터들은 따분함에 질식할 것만 같은 상태로 야간 근무를 서고 있었다.

"대체 몬스터 웨이브는 언제 시작되는 거냐? 아오, 언제까지 여길 지켜야 되는 거야."

"그걸 내가 아냐."

지루하긴 하지만 경비를 서고 있는 두 명이 모두 잠들었다 걸리면 치도곤을 당할 것이다.

주걸안처럼 대놓고 잠을 자지는 못하지만 그렇다고 주걸안이 자도록 내버려 두는 것도 뭔가 억울했다. 왕위는 주걸안이 자는 듯하면 계속 말을 거는 중이었다.

"아, 졸려 죽겠는데 왜 자꾸 말 시키냐. 에이씨, 좀 자려고 했더니. 지루해 죽겠네."

결국 깨어난 주걸안이 짜증을 부리며 투덜거렸다. 교대 시간까지는 아직도 시간이 많이 남아 있었다.

왕위의 표정도 좋지 않다. 주걸안처럼 뒤를 봐주는 사람이라도 있다면 자신도 지루한 경비는 어떻게 되든지 말든지 잠을 잘 수 있었을 텐데, 그에게는 변변한 배경이 없었다.

다만 일찍 입대한 군대에서 몬스터 헌팅이 돈이 된다는 사실을 알고 특수부대로 자원하여 무술을 익혔다. 그 경험을 바탕으로 왕위는 제대 후 천지방이라는 방파에 가입하여 헌터로 활동할 수 있었다.

하지만 왕위는 생각한 것만큼 많은 돈을 벌지는 못했다. 실력이 특출난 것도 아니고, 왕위와 비슷한 생각을 갖고 헌터에 입문한 이들이 많았기 때문이다.

원체 헌터 인구가 많은 중국은 뉴 어스 내부에 각 방파마다 몬스터를 잡는 쿼터를 따로 설정해 두고 있었다. 헌터 수도 많고 방파도 다양하다 보니, 중국 정부 입장에서는 통제하기 어려운 게이트 너머에 헌터들을 방치해 둘 수 없었던 것이다.

그런데 한 방파가 가지고 있는 쿼터의 넓이는 방파의 세력 정도에 따라 달라지도록 되어 있었다.

왕위가 가입한 천지방은 이름만 거창하지, 중국 전체를 놓고 보면 고만고만한 작은 방파에 불과했다.

결국 국가에서 할당해 준 쿼터가 천지방의 소속 헌터 수에 비해 너무 좁다 보니, 모든 헌터들이 원하는 만큼 헌팅을 하기는 힘들었다.

결국 방파에서 허락했을 때, 허락한 만큼만 헌팅을 해야 했다. 원하는 만큼 사냥하지 못하니 수익도 적을 수밖에 없었다.

수익에 대한 불만이 커져가던 와중, 몬스터 웨이브의 전조라고 하는 증발 현상까지 겹쳤다. 왕위의 이번 달 수익은 본전도 찾지 못할 정도였다.

한숨이 절로 흘러나와 고개를 숙인 왕위는 주걸안 쪽을 바라보지 않고 말을 돌렸다.

"걸안."

"왜 또?"

"자넨 이번 달에 좀 벌었나?"

왕위는 문득 주걸안의 수익이 궁금해졌다.

자신이야 전혀라고 해도 좋을 정도로 헌팅을 나가지 못했으니 이번 달에는 수익이 전무하지만, 그래도 주걸안은 몇 번 더 헌팅을 다녀왔으니 조금은 벌었으려나 싶은 것이다.

하지만 주걸안에게서 들려온 대답은 전혀 달랐다.

"아니, 이번 달에는 다 꽝이야. 나도 너랑 별반 다르지 않아."

주걸안은 누워서 뉴 어스의 밤하늘을 쳐다보며 내뱉듯 대답했다.

실제로 몬스터가 증발한 현재, 헌팅에 나간다 하더라도 몬스터를 거의 발견할 수 없었다.

그나마 몇 번인가 몬스터를 잡아 마정석을 획득했지만, 방에 상납하기에도 부족한 양이었다.

아마 헌팅 준비에 든 돈을 감안하면 주걸안의 수입은 오히려 왕위보다 더 적자일지도 몰랐다.

헌팅에서 정해진 할당량을 채우지 못했을 때, 방파는 실력을 더 키워오라며 다음 헌팅에 참여하지 못하는 불이익을 주었다.

주걸안은 다음 헌팅을 위해 모자란 마정석을 직접 사서 채워넣어야 했던 것이다. 함께 헌팅을 나간 팀원들과 나누긴 했지만, 본래 갖고 있던 돈으로도 모자라 꾸기까지 했다.

"자네도 그런가? 나도 이번 달에는 적자야."

왕위는 주걸안의 대답에 힘없는 목소리로 대답했다.

몬스터가 사냥터에서 증발을 하는 바람에 계속 보초만 서고, 방파에서는 자신의 차례가 되었는데도 이런저런 핑계를 대며 헌팅을 허락해 주지 않았다.

그렇다고 방파에서 상납금을 돌려주는 것도 아니었다.

아니, 오히려 다음에는 상납금을 더욱 올리겠다고 통보해 왔다.

몬스터 사냥을 하지 못해 방의 수익이 떨어졌으니 어쩔 수 없다는, 참으로 말도 안 되는 이유로 말이다.

하지만 그런 어처구니없는 말을 하는 총관의 얼굴에 대고 왕위는 한마디 항변조차 할 수 없었다. 만약 그렇게 했다가는 바로 천지방에서 쫓겨날 것이기 때문이다.

천지방에서 쫓겨난다 하더라도 몬스터 헌팅을 아예 못 가게 되는 것은 아니었다. 다른 문파에 들어가면 다시 헌팅을 할 수 있었다.

그러나 천지방만이 소속 헌터들에게 이렇게 대우하는 것은 아니었다.

다른 문파도 똑같이 헌팅을 나가기 위해서는 상납금을 바치지 않으면 안 되었다.

이런 현상은 왕위처럼 뒷배경이 없는 중국 헌터들에게는 너무나 일상적인 일이었고, 억울하지만 어디다 하소연조차 할 수 없었다.

뭐라 항변해 봤자 달라지는 것도 없고, 오히려 새로 가입할 문파를 찾을 공백기 동안 적자만 더 커질 것이다.

"제기랄, 대체 언제 끝나는 거야. 이러다 망하겠네, 진짜."

주걸안과 왕위는 둘 다 짜증 섞인 한숨을 내쉬었다.

그때 비룡성이, 아니 주변 전체가 작게 진동하기 시작했다.

각자의 신세 한탄에 집중하던 주걸안과 왕위는 곧바로 진동을 감지하지 못했다. 그리고 그건 다른 곳에서 경비를 서고 있던 헌터들도 마찬가지였다.

왕위는 진동이 시작된 지 한참 뒤에야 문득 갑자기 몸이 흔들리는 느낌을 받고 고개를 갸웃거렸다.

'뭐지? 뭐가 울리는 듯한…….'

당황한 왕위가 쳐다보았을 때, 바닥에 누워 있던 주걸안이 땅에서 느껴지는 진동에 놀라 벌떡 일어나며 소리쳤다.

"뭐야? 지진이라도 난 건가?"

"자네도 느꼈나? 대체… 대체 뭐지?"

딛고 선 바닥에서부터 느껴지는 진동은 지금도 계속되고 있었다. 처음엔 작던 진동은 점차 커졌다.

챙그랑!

벽에 비스듬히 기대어 둔 주걸안의 검이 금속성을 내며 쓰러졌다.

주걸안은 당황한 눈으로 바닥에 떨어진 검을 바라보았다.

쓰러진 검은 바닥에서도 미미하게 떨리고 있었다.

"어… 저게……."

급히 지평선을 돌아본 왕위는 말을 잇지 못하고 멍하니 서 있었다.

흐릿한 달빛에 시야는 거의 확보되지 않았다. 보이는 것이라곤 지척에 있는 수풀 몇 그루의 윤곽뿐인 칠흑 같은 어둠이었다.

저 먼 곳에서 새카만 어둠이 파도처럼 일렁이며 비룡성을 향해 다가오고 있었다.

"뭔가 이곳을 향해 오고 있어!"

놀라 얼어 있는 왕위를 뒤로한 채 주걸안이 먼저 정신을 차리며 소리쳤다.

"비상! 비상!"

땅! 땅! 땅땅!

주걸안이 급히 초소 처마에 달린 종을 치기 시작했다. 인근에 있던 다른 초소들도 그제야 뭔가 비룡성을 향해 다가오고 있는 것을 뒤늦게 포착을 하고, 요란하게 종을 쳐 댔다.

종소리에 잠긴 비룡성에 뒤늦게 하나둘 불이 켜지고, 깊은 잠에 빠져 있던 비룡성 안이 서서히 시끄러워지기 시작했다.

일직을 서고 있던 경비대장으로부터 긴급 연락을 받은 헌터들이 하나둘 부산스럽게 방벽 위로 올라오기 시작했다. 그중에는 중국 헌터 협회의 간부들도 여럿 섞여 있었다.

　이미 경계를 시작한 지 한 달이 넘었음에도 불구하고, 하나같이 방심하고 있던 그들은 당황스러움을 감추지 못했다.

　중국 헌터들은 웅성거리며 제자리를 잡지 못하고 우왕좌왕했고, 미처 장비를 갖추지 못한 이들마저 있었다.

　어둠 속에서 일렁이던 것은 바로 해일과도 같은 초대형의 몬스터 무리였다.

　먼 곳에서부터 미친 듯이 뛰어온 수많은 몬스터들은 중국 헌터들이 미처 다 자리를 잡기도 전에 비룡성 인근까지 접근해 왔다.

　가장 먼저 비룡성에 접근한 것은 대부분 소형 몬스터인 고블린이나 코볼트와 같은 최하급 몬스터들이었다.

　그 사이에는 간간이 인간형 몬스터인 오크나 몰록들도 섞여 있었다.

　"몬스터 웨이브다!"

　몬스터들이 성 가까이까지 다가오자 그제야 그 규모를 파악한 중국 헌터들이 다급하게 소리치기 시작했다.

몬스터들은 필요하다면 동족끼리도 전쟁을 일삼는 포악하고 잔인한 생물들이었다.

사실 본래대로라면 여러 종의 몬스터들이 떼로 몰려든 지금, 서로 다른 몬스터들을 견제해야 했다. 본능에 따라 인간을 공격하더라도 협공하는 경우는 일반적으로 없었다.

하지만 지금 비룡성 근처로 접근한 몬스터들은 모두 서로는 신경도 쓰지 않고 있었다. 마치 주변이 전혀 보이지 않는 듯, 오로지 비룡성으로 돌진할 뿐이었다.

다만 몬스터들은 15m에 이르는 비룡성의 높은 성벽을 넘지는 못했다.

마침내 비룡성 근처까지 달려온 몬스터들은 점점 성벽 바로 아래에 밀집하게 되었다.

크아악!

개미 떼처럼 셀 수 없이 많은 몬스터가 몰려들었다.

이윽고 가장 먼저 성벽에 접근한 몬스터들이 뒤에서부터 밀려온 다른 몬스터들에 의해 성벽에 짓눌리며 비명을 질러 댔고, 덩치가 큰 다른 몬스터들의 발에 짓밟혀 나갔다.

하지만 앞쪽의 몬스터들이 압사당하거나 말거나 눈에 다 들어오지 않을 정도로 많은 몬스터들이 계속해서 성벽을 향해 밀려들었다.

"미쳤어⋯⋯."

한 헌터가 중얼거렸다.

시체가 쌓이고, 비룡성의 성벽은 압사당한 몬스터들의 피로 범벅이 되었다.

방벽 위에 있는 중국 헌터들은 성벽 아래에 펼쳐진 지옥 같은 모습을 보며 마른침을 삼켰다.

사실 거의 대부분이 검을 사용하는 그들로서는 성벽 밑에 있는 몬스터들을 공격할 수단이 거의 없었다.

시간이 흐를수록 성벽 바로 앞에서 압사되어 죽은 몬스터들의 시체는 점점 늘어갔다. 계속해서 쌓인 시체들은 차차 성벽의 높이와 비슷할 정도가 되었다.

결국 몬스터들은 그 시체의 산을 짓밟으며 성벽을 타고 넘어오기 시작했다.

크아아아악!

마침내, 가장 처음으로 성벽을 넘은 몬스터가 피범벅이 된 채 괴성을 지르며 헌터들에게 달려들었다.


✝          ✝          ✝


"빨리! 본부 측에 지원 요청을 해라! 지금 당장!"

천지방 방주인 저윤발이 다급하게 외쳤다. 명령을 받은 헌터 하나가 연락을 취하기 위해 쏜살같이 뛰쳐나갔다.

저윤발도 초조한 얼굴로 무기를 집어 들고 성벽 위로 통하는 계단을 오르기 시작했다.

현재 몬스터 웨이브 방어를 위해 비룡성에 상당한 수의 헌터들이 있긴 하지만, 지금 밀려오는 몬스터들을 막아낼 수 있을 만큼의 전력은 절대 아니었다.

아무런 변화 없는 따분한 시간을 한 달 이상 보내면서, 처음 방어를 위해 배치된 많은 헌터들이 게이트 너머 지구로 가 있었던 것이다.

더욱이 그들은 비룡성에 남아 있도록 강제하기 어려운, 각 방파에서도 상위에 속하는 헌터들이었다.

비룡성에 남아 있는 헌터들 중 대부분은 6급 이하였고, 그 이상의 실력을 가진 것은 비룡성 경비를 책임지고 있던 천지방 간부들뿐이었다.

만약 성 방어에 실패를 한다면 모든 책임은 자신과 천지방이 뒤집어쓰게 될 것이다. 어떻게 해서라도 이번 몬스터의 침입을 막아야만 했다.

저윤발은 답답한 심정을 숨기지 못했다.

하필이면 천지방이 이곳 비룡성의 경비를 담당하는 날 몬스터가 몰려올 줄이야. 그동안 코빼기도 안 보이던 몬스터들이 기다렸다는 듯 몰려오는 것이 원망스럽기만 했다.

저윤발은 함께 계단을 뛰어 올라가던 간부들을 큰소리로 독려했다.

"어서 성벽을 지원해라! 협회에 몬스터 침공을 알렸으니 조금만 막아낸다면 지원군이 올 거다!"

그러나 간부들을 북돋으면서도 계단을 오르는 저윤발의 안색은 어두웠다.

비룡성을 지켜낸다 할지라도 과연 얼마나 많은 희생이 있을 것인가.

계단이 끝나고, 저윤발의 눈앞에 나타난 광경은 그야말로 지옥도였다.

"죽여라!"

"왼쪽이 뚫린다! 성벽을 넘지 못하게 막아!"

성벽 여기저기서 헌터들이 고함을 질렀다.

그러나 목청이 터져라 지르는 고함도 잘 들리지 않을 정도로 성벽 위는 시끄러웠다.

"으아아악!"

병장기들이 부딪치는 소리와 몬스터들과 그들을 막고 있는 헌터들의 단말마로 바로 옆에서의 말소리도 들리지 않을 정도였다.

저윤발은 잠시 할 말을 잊었다.

이건 싸움의 승리를 논할 수 있는 상태가 아니었다. 생존할 수 있을지 없을지가 문제였다.

수없이 많은 시체들과 도망치고 달려드는 몬스터와 인간들.

그 사이를 비집고 힘들게 성벽 너머를 확인한 저윤발은 휘청거리는 무릎을 간신히 세웠다.

어두운 밤, 성벽 너머는 물결처럼 일렁이는 어둠으로 가득했다.

비룡성 주위의 너른 평야가 셀 수도 없이 많은 몬스터들로 뒤덮여 있었다.

어두운 시야 속 헌터들의 비명이 귓속을 가득 메웠다.

"으아아악! 살려줘!"

순간 성벽에 올라선 트롤 하나가 괴성을 지르며 팔을 마구 휘둘렀다. 끝없이 올라서는 몬스터들에 밀리던 헌터 하나가 트롤의 팔에 맞고 성벽 아래로 떨어졌다.

저윤발은 차마 그 모습을 보지 못하고 눈을 질끈 감았다. 떨어진 헌터는 몬스터들에 의해 처참히 죽어갔다.

끔찍한 광경이었지만 그렇다고 넋 놓고 있을 수만은 없었다.

애써 몸을 돌린 저윤발이 무기를 힘주어 뽑아 들고 달려

나가며 외쳤다.

"조금만 힘내라!"

그리고는 바로 눈앞에 보이는 몬스터의 등에 꽂아 넣으며 전투에 참여했다.

그러나 성벽 위에서 헌터들을 격려하기 위해 애쓰던 저윤발도 곧 지휘는 고사하고 생존을 위해 무기를 휘둘러야만 했다.


† † †


한편 정진은 뉴 서울 헌터 협회 지부를 향해 가고 있었다.

정진은 그동안 뉴 서울 쉘터에 마련한 아케인 클랜의 분점에 머물고 있었다.

사전에 몬스터가 몰려올 것으로 예상되는 길목에 위저드 아이를 설치해 두었다.

그것은 이전에 정진이 아케인 쉘터를 건설하기 전 영원의 숲에 보급로를 만들기 위해 설치했던 CCTV와 같은 기능을 하는 아티팩트의 개량판이었다.

위저드 아이는 설치한 장소 주변의 상황을 확인할 수 있는 아티팩트였다.

정진은 4대 금지를 정찰하며 확인한 사실을 헌터 협회에 알리고 난 뒤 곧바로 쉘터로 오는 길목에 위저드 아이를 설치하기 위해 직접 돌아다녔다.

언제 몬스터 웨이브가 닥칠지 알 수 없는 상황에 다른 사람들에게 맡기기보다는 혼자서 신속하게 이동할 수 있는 자신이 직접 움직이는 게 여러모로 나을 것이라 판단한 것이다.

덕분에 뉴 서울 헌터 협회 직원들과 아케인 클랜원들은 몬스터 웨이브의 본격적인 방어 준비에 전념할 수 있었다.

정진은 지금 막 위저드 아이를 통해 몬스터 웨이브가 근접했음을 확인하고, 이를 알리기 위해 헌터 협회 뉴 서울 지부로 가고 있는 것이었다.

몬스터 웨이브 비상 대책 본부가 있는 뉴 서울 센트럴 타워에 들어선 정진은 빠른 걸음으로 2층으로 향했다. 복도에는 아무도 없었고, 정진의 발소리만이 울려 퍼질 뿐이었다.

이윽고 복도 끝에 있는 문 앞에 도착한 정진이 가볍게 문을 두드려 노크하곤, 대답을 듣지도 않고 바로 문을 열어젖혔다.

덜컹!

비상 대책 본부 안은 몬스터 웨이브 대비를 위한 비상 대기령이 떨어져 있어 아주 어수선하고 정신이 없었다.

안으로 들어선 정진은 망설임도 없이 어느 한 방향으로 빠르게 걸어갔다.

정진이 향한 곳에는 헌터 협회장인 이기동이 테이블에 둘러앉은 협회 간부들과 열띤 논의를 하고 있었다.

"북문에 그렇게 많은 방어 병력이 필요한가? 몬스터가 밀려올 곳은 동문과 남문이 유력하지 않은가. 굳이 북문에 많은 인원을 둘 필요가 없을 듯한데. 그곳은 100여 명 정도만 두고, 남은 전력은 일단 중앙에 대기시켰다가 문이 뚫릴 위험이 생기는 즉시 그쪽으로 지원을 가는 것으로 해!"

이기동은 뭐가 그리 마음에 들지 않는 것인지 소리를 높여 이야기를 하고 있었다.

정진은 자신이 다가온 것도 눈치채지 못한 채 회의에 열중하고 있는 이들을 보고, 테이블을 가볍게 두드렸다.

똑. 똑.

그제야 정진을 돌아본 이기동이 놀란 눈으로 그를 맞이했다.

"아니, 정정진 클랜장이 여기까지 어쩐 일이십니까?"

"바쁘신데 죄송하지만, 꼭 알려 드려야 할 게 있어 찾아왔습니다."

정진은 앉지도 않은 상태였지만 차분하게 말했다.

오히려 듣고 있는 이기동과 협회 간부들의 표정에 긴장감이 어려 있었다.

이런 비상시국에 웬만한 일이 아니라면 직접 찾아오지는 않을 것이라는 생각이든 것이다.

아나나 다를까, 정진이 가져온 소식은 이 자리에 있는 모든 사람들을 놀라게 하기 충분한 내용이었다.

"몬스터가 몰려오고 있습니다."

"네?"

"지금 몬스터가 몰려오고 있다는 말입니다. 몬스터 웨이브가 시작되었습니다."

"헉!"

정진의 말에 여기저기서 숨 막히는 듯한 비명소리가 들렸다.

"1차 저지선으로부터 3일 거리에 몬스터 웨이브로 보이는 현상이 포착되었습니다."

"3일 거리라면 조금 여유가 있는 것 아닙니까?"

헌터 협회 간부 중 한 명이 고개를 갸웃거리며 물었다.

그러나 정진은 고개를 저었다.

"3일 거리란 것은 사람의 이동 속도를 기준으로 말씀드린 것입니다. 인간과 다른 체력과 지구력을 가진 몬스터들이라면 훨씬 빠른 시간 안에 저지선까지 접근할 것입니다."

"그 말씀은… 전투 준비를 당장 시작해야 한다는 거로군요."

이기동을 비롯한 간부들은 저마다 결연한 표정을 지으며 말하자, 정진이 고개를 끄덕였다.

"몬스터의 기준으로는 하루가 될지, 아니면 이틀이 될지 모르지만 우리의 예상보단 빠르게 이곳에 몰려들 것입니다. 참, 그리고……."

정진은 말을 하다 말고 잠시 말을 끊고 주변을 둘러보았다. 자신을 주시하는 사람들의 시선을 모으며 또 그들이 생각할 수 있는 시간을 주기 위해서였다.

이기동과 다른 간부들이 의아한 얼굴로 정진을 돌아보았다.

"다행히 미리 설치해 둔 위저드 아이를 통해 살펴본 바로는 현재 몰려오고 있는 몬스터의 무리에 중(重)형 몬스터는 그리 많이 보이지 않고 있습니다."

"그게 정말입니까? 다행이군요, 정말."

정진의 이야기가 이어질수록 듣고 있는 헌터 협회 간부들의 안색이 밝아졌다.

일반 헌터들로서는 상대하기 버거운 중(重)형 몬스터가

많지 않다는 것은 게이트 방어의 위험이 줄어든다는 뜻과
일맥상통했다.

3차 몬스터 웨이브가 있던 당시, 게이트 방어에 실패한
것은 많은 중(重)형 몬스터들이 포함되어 있었기 때문이었
다. 수많은 헌터들이 이곳 뉴 서울 쉘터에서 죽음을 맞이했
다.

게이트를 넘어간 몬스터들에 의해 신림동 일대는 쑥대밭
이 되었고, 겨우 살아나기 시작한 신림동 상권이 전부 무너
졌다.

이후 정부는 게이트 주변은 더 이상 복구하지 않았다.

현재 신림동 게이트 주변에는 헌터 협회 건물과 일부 헌
터 클랜의 사무실, 싼 임대료를 노리고 입점한 대장간들뿐
이었다.

그런데 여기서 눈여겨봐야 할 점은 당시 뉴 서울 쉘터의
방어선을 지키고 있던 헌터들이 전멸하지 않았다는 것이었
다.

방어선이 뚫리자, 몬스터들이 하나같이 약속이라도 한 듯
이 무너진 곳을 중심으로 달려들어 내부에 있던 헌터들을
무시한 채 게이트로 뛰어들었던 것이다.

그리고 마치 무언가에 쫓기는 것처럼 허겁지겁 게이트를
넘은 몬스터들은 지구로 넘어온 뒤에야 눈에 보이는 모든

사람들을 공격하며 날뛰기 시작했다.

때문에 방어에는 실패했지만, 뉴 서울 쉘터 안에 있던 헌터들은 무사할 수 있었다.

만약 몬스터들이 게이트를 넘기 위해 몰려가지 않고 본능대로 일단 눈에 보이는 헌터들을 공격하려 했다면 헌터들은 한 명도 살아남지 못했을지도 모른다.

쉘터 내에 남아 있던 헌터들이 뒤늦게나마 지구로 넘어와 군경과 합류하면서 간신히 게이트를 넘어온 몬스터들을 처리할 수 있었다.

"그렇다면 지금 준비하고 있는 것만으로 충분히 방어해 낼 수 있겠군요."

한 협회 간부가 다행이라는 듯 정진에게 말했다.

하지만 이기동의 표정은 여전히 어두웠다.

이곳이야 정진이 알려준 것처럼 중(重)형 몬스터가 별로 없어 준비된 것만으로 막을 수 있겠지만, 또 다른 게이트인 대전 게이트는 어떻게 될지 알 수 없는 일이었기 때문이다.

물론 대전 게이트 너머 뉴 대전도 충분한 준비를 하고 있었다.

지구에서야 신림동 게이트와 대전 게이트 사이의 거리는 별로 멀지 않지만, 뉴 어스에선 그렇지 않았다.

두 게이트가 연결된 곳이 얼마나 떨어져 있는지조차 게이트가 나타난 지 몇 십 년이 되어가는 현재까지도 알 수 없었다.

'비록 정정진 클랜장이 몬스터가 올 길목에 뭔가 조치를 했다고 하지만……'

그때, 정진이 근심 가득한 이기동에게 미소를 지어 보였다.

"너무 걱정하지 않으셔도 됩니다."

이기동이 의아한 눈으로 정진을 돌아보았다.

정진은 주위를 한 번 돌아보며 간부들의 시선을 모은 뒤 말을 이었다.

"저희 아케인 클랜에서는 저 말고도 다른 마법사들을 양성하고 있습니다. 대전 게이트 쪽을 지원할 헌터들을 파견하면서 마법사들도 함께 파견하였습니다. 아마 지금쯤이면 그곳에서도 몬스터가 몰려오고 있다는 것을 알았을 겁니다."

"그럼 뉴 대전 쉘터도 몬스터가 몰려오기 전에 먼저 대처를 할 수 있다는 말씀이신 거죠?"

정진은 선선히 고개를 끄덕였다.

"예, 충분히 그러리라 생각됩니다."

"다행입니다. 정말이지, 정정진 클랜장이 우리나라에 있는 것이 대한민국에 참으로 복입니다."

이기동은 한 치의 가식도 없는 표정으로 환하게 미소를 지으며 말을 하였다. 지난 한 달 동안 그를 괴롭히던 걱정 거리를 조금은 내려놓은 기분이었다.

정진은 얼굴이 조금 붉어지는 듯한 기분에 어색하게 웃었 다. 그냥 듣기에는 너무도 낯간지러운 말이었다.

하지만 이기동은 정진이 그러거나 말거나 무척이나 밝은 표정으로 협회 간부들을 돌아보며 말했다.

"다들 들었겠지? 바로 방어 준비 중인 각 클랜과 헌터들 에게 몬스터와의 거리를 공지하도록. 그리고 접근 전까지 철저히 준비하되, 충분히 휴식하라고 전달해."

지난 한 달간 몬스터 증발 사태에 긴장한 헌터 협회에서 는 24시간 비상 체제로 대책본부를 운용하고 있었다. 헌터 협회의 지시에 따라 방어선을 구축하고 있는 헌터들 사이에 서도 긴장감이 이만저만이 아니었다.

이기동은 자칫 전투를 하기도 전에 지치거나, 신경이 곤 두선 헌터들끼리 마찰이 빚어질 것까지도 염려해 휴식을 명 령한 것이다.

계속해서 몬스터가 언제 나타날지 모르는 상태라면 모르 지만, 몬스터의 접근이 언제가 될지 짐작할 수 있게 되자 마음 놓고 휴식을 취하도록 할 수 있었다.

이기동의 말을 들은 간부들이 재빨리 담당 부서와 관할 구획에 명령을 전달하기 위해 회의장을 우르르 빠져나갔다.

정진도 이기동과 함께 뉴 서울 센트럴 타워를 빠져나왔다. 할 일도 마쳤으니 클랜원들이 기다리고 있는 곳으로 돌아갈 셈이었다.

주변에 사람이 적어지자 이기동이 헛웃음을 지으며 정진에게 말했다.

"허허, 언제 또 다른 마법사까지 키워낸 겁니까? 정정진 클랜장 외에 다른 마법사가 있을 줄은 생각도 못했습니다."

"제 동생들 중 둘째와 막내가 소질이 있어 가르쳤는데, 생각보다 재능이 뛰어났는지 금방 배우더군요."

"그렇군요. 동생 분들은 그럼 지금 어느 정도 실력인 겁니까?"

"회장님과 처음 만났을 때의 저 정도 되겠군요."

정진이 미소 지으며 대답했다.

자신은 9클래스 마스터인 두 스승의 전폭적인 지원과 아케인 아카데미에 남아 있던 최상급 재료들을 바탕으로 금세 5클래스의 경지에 올랐다.

반면 동생들은 자신과 같은 환경에서 성장할 수 없었다.

정진으로서도 최대한 지원해 주기는 했지만, 당시 정진의 실력이 스승들에 비해 너무 보잘것없던 탓이다.

부족한 환경에서도 어엿한 마법사로 거듭난 두 동생들이 자랑스럽고 대견하게 느껴졌다.

정진의 말을 들은 이기동도 감탄했다.

"그렇군요. 그럼 대전으로 간 동생 분들의 현재 경지가 5클래스인가요. 허, 정정진 클랜장만 하더라도 대단한데, 동생 분들까지……. 이거 참, 할 말이 없을 정도로군요."

이기동은 자신을 협회장으로 추대할 때 정진이 했던 말을 기억하고 있었다.


"상무님을 처음 뵀을 때, 저는 5클래스의 마법사였습니다. 그리고 지금 저는 7클래스, 진정한 마법사라고 할 수 있는 상태입니다. 이전보다 또 한발 나아간 저와, 전기수 회장. 둘 중 어느 길을 선택하실지, 상무님이 현명한 판단을 내리시리라 믿습니다."


그때 이기동은 진중한 얼굴로 자신의 실력을 말해오는 정진의 눈에서 빨려 들어가는 듯한 느낌을 받았다.

이기동은 다시 한 번 당시 자신의 선택이 옳았음을 느끼며 밝게 미소 지었다.

✝     ✝          ✝

그 시각, 뉴 대전에 있는 헌터 지부에서도 몬스터들의 소식을 알리고 있었다.

뉴 대전 방어선에 아케인 클랜 대표로 지원을 나간 이정진이 협회 간부들을 직접 찾아간 것이다.

"현재 뉴 대전 쉘터로부터 약 3일 거리에 몬스터들이 몰려오고 있습니다. 당장 대비해야 합니다."

"몬스터들이……."

대부분의 사람들은 침중한 얼굴로 이정진을 보며 고개를 끄덕였지만, 일부 못마땅한 표정을 짓고 있는 이들도 있었다.

"몬스터들이 접근하고 있다는 증거가 있습니까?"

"마법이라니, 마법사는 아케인 클랜의 클랜장 단 한 명뿐인 거 아니었어?"

저마다 수군거리며 이정진의 말을 의심하고 있는 이들은 대부분 아케인 클랜의 헌터들이 파견되기 이전부터 뉴 대전 쉘터 방어선에 배치되어 있던 헌터들이었다.

방어선을 다 구축한 뒤에야 몇몇 헌터들을 지원이라고 보낸 아케인 클랜에 앙심을 품은 것이었다.

그밖에도 생긴 지 얼마 되지도 않은 아케인 클랜이 3대 클랜이라는 명성을 갖고 있는 것에 질투하고 있는 클랜들도 있었다.

그들은 아케인 클랜 헌터들이 하는 말에 계속 딴지를 걸거나 군소리를 해대며 회의 분위기를 흐려놓았다.

무엇이 중요한지 모르는, 질투에 눈이 먼 삼류들이었다.

회의는 길었다.

이정진은 한참이나 시간이 흘렀는데도 좀처럼 풀리지 않고 삐걱거리는 대전 비상 대책 본부의 모습을 보며 속으로 한숨을 내쉬었다.

"대체 언제까지 여기서 대기하고 있어야 하는 겁니까?"

"계속 비상 대기 상태로 있다간 싸우기도 전에 지치겠습니다."

뉴 대전 쉘터 안의 비상 대책 본부는 저마다 불만을 성토하는 사람들로 시장 바닥처럼 시끄러웠다.

듣고 있던 이정진이 답답한 얼굴로 말했다.

"말씀드리지 않았습니까. 몬스터 웨이브는 정말 상상 이상의 숫자가 몰려온다구요. 지난번 몬스터 웨이브 당시 얼마나 큰 희생이 있었는지 다들 잊으셨습니까? 몬스터들이 3일 후면 뉴 대전까지 도달할 겁니다. 지금이라도 빨리 현실적인 작전을 세워서 준비를 해야……."

그때 불만스러운 얼굴로 이정진을 쳐다보던 한 헌터가 입을 열었다.

"몬스터 웨이브가 위험하다는 건 알겠지만, 솔직히 이 정도면 충분하지 않겠습니까?"

"예?"

"지금 시대가 어느 시대인데 예전과 같은 상황이 벌어지겠습니까? 여기 모인 헌터들 과반수 이상이 매직 웨폰 사용자예요. 아머드 기어만 해도 대체 몇 대인데요. 이전 사태 때야 전력 차가 너무 커서 방어에 실패한 거 아닙니까."

한쪽에 있던 사람이 거들었다.

"맞습니다. 이렇게까지 경계할 필요가 있을까요? 너무 긴장해도 안 좋을 텐데."

주변에 있던 다른 헌터들도 그 말이 맞다는 듯 고개를 끄덕였다.

사람들이 동조하는 듯싶자, 처음 말을 꺼낸 헌터가 것 보라는 듯 어깨를 으쓱였다.

"이정진 부클랜장님은 방벽 앞에 해자를 파자, 함정을 만들어야 한다… 뭐 그런 말씀을 하셨는데, 솔직히 왜 그래야 하는지 이해가 안 됩니다."

"그것도 말씀드렸지 않습니까. 우리가 세운 작전을 제대로 펼치기 위해서는 몬스터들과 방벽 사이의 거리와 시간이 필요하다구요."

이정진은 속이 바짝바짝 타는 듯했다.

팔짱을 낀 채 이정진의 설명을 듣던 헌터가 툭 내뱉었다.

"아케인 부클랜장님은 준비할 시간이 이제 별로 없다고 하셨는데, 그렇게 촉박하면 이제 와서 어떻게 해자나 함정 같은 걸 만든단 말입니까?"

"그러니까 말입니다. 이미 오랫동안 대기하고 있어서 지친 헌터들을 데리고 몬스터가 오기 전까지 다 만들 수나 있을까요? 전 불가능하다고 봅니다."

사람들이 저마다 한마디씩 토를 달았다. 이정진은 답이 안 보이는 회의 분위기에 짜증을 참으며 차분히 사람들을 설득하려고 했다.

"비록 완벽하게 준비할 시간은 없다고 하더라도 할 수 있는 한 최선을 다해야 하지 않겠습니까. 매직 웨폰이나 아머드 기어가 있다고 방심하면 안 됩니다."

그때 사사건건 시비를 걸어오던 헌터 중 하나가 한쪽 입꼬리를 올리면서 말했다.

"아케인의 부클랜장님은 계속 그 말씀을 하시네요. 근데 까놓고 말해서 나중에서야 쉘터 방어전에 참여한 아케인 클랜에서 할 말은 아니지 않습니까?"

"예?"

이정진이 어처구니없는 얼굴로 되물었다.

"저희는 벌써 한 달 이상을 준비했습니다. 이 이상 뭘 더 준비하란 겁니까?"

그러자 불만을 표하던 다른 헌터들도 고까워하는 얼굴로 한마디씩 보태기 시작했다.

"준비는 충분히 한 것 같은데 그냥 기다리면 되지 않을까요. 괜히 힘 뺄 필요 없으니까."

"아케인 클랜에는 아머드 기어가 별로 없어서 잘 모르시나 본데, 너무 걱정하지 마세요."

모여 있던 헌터들이 아케인 클랜을 비웃으며 제각기 킬킬거리기 시작했다.

조용히 그 모습을 보고 있던 이정진이 회의장 테이블에서 일어섰다.

"뭔가 착각하고 계신 것 같은데, 지금 우린 헌팅하러 나가는 게 아니라 재난을 앞두고 있는 겁니다."

이정진이 이를 악문 채 목소리를 깔고 말하자, 아케인 클랜을 비웃고 있던 이들도 입을 다물었다.

분위기에 휩쓸려 줄곧 못마땅해하던 아케인 클랜을 비꼬아 대긴 했지만, 이곳에서 아케인 클랜이나 이정진을 함부로 대할 수 있는 사람은 사실 한 명도 없었다.

누가 뭐래도 아케인 클랜은 대한민국 최고 클랜 중 하나였고, 이정진은 세계 최초로 3급 라이선스를 획득한 명실 상부한 최강의 헌터였다.

"우린 돈 버는 게 아니라 지켜내려고, 살려고 싸우는 겁니다. 여기 있는 분들 모두 아시지 않습니까? 몬스터를 상대하면서 방심하는 것은 자살행위나 마찬가집니다."

장내의 분위기가 무거워지자, 회의를 주재하고 있던 뉴대전 지부 헌터 협회장이 애써 웃으며 말했다.

"아케인 부클랜장님 말씀이 맞습니다. 방심하면 안 되겠지요. 다만 다른 분들 얘기는 준비를 충분히 했으니 본격적인 전투가 벌어지기 전까지 좀 쉬자는 말 같습니다."

그러나 이정진은 차갑게 한마디를 내뱉고, 곧바로 돌아서서 회의장을 빠져나갔다.

"최악의 경우를 상정하고 만전을 기해야 하지 않겠습니까? …죽고 싶지 않다면 말입니다."

두두두두!

저 멀리 지평선 너머로부터 몬스터가 먼지구름을 일으키

며 몰려오고 있었다.

하지만 방책 위에 서 있는 헌터들은 전혀 두려운 표정이
아니었다. 그들의 눈에는 약간의 긴장감은 있을지언정 두려
움은 없었다.

사전에 몬스터가 오고 있다는 것을 알고 있었기 때문이었
다.

뿐만 아니라 몬스터 무리의 규모나 그 구성까지도 철저히
파악하고 있었다. 헌터들의 표정에는 오히려 흥분과 자신감
이 여실히 드러나 있었다.

그들은 몬스터가 몰려올 길목에 깊게 구덩이를 파고, 안
에 뾰족하게 깎은 쇠말뚝을 설치했다. 그리고 위에 적당히
목재를 깔고, 흙을 뿌려 함정을 설치했다.

거기에 몬스터가 방벽 가까이 접근할 수 없도록 가능한
넓고 깊게 해자를 파놓기까지 했다.

방벽 위에는 원거리 무기를 들고 있는 헌터들이 줄지어
대기하고 있었다.

이들은 아케인 클랜에서 만든 인챈트된 화살과 매직 볼트
를 각각 열 개씩 지급받았다.

아케인 클랜의 헌터들은 이들에게 방책 근처로 접근할 몬
스터 가운데서도 중형 이상의 몬스터에게 사용하라고 귀띔
해 주었다.

중형 중에서도 트롤처럼 재생력이 뛰어나 일반적인 공격으로는 타격을 주기 어려운 몬스터에게 사용하는 것이 좋다는 것 또한 아케인 클랜 헌터들의 말이었다.

물론 생명의 위험을 느낄 때는 언제든지 바로 사용하라는 언질이 있었지만, 방벽 위의 헌터들은 그렇게 생각하지 않았다. 준비한 것들을 보면 위험을 느낄 정도의 큰 위기는 있을 것 같지 않았기 때문이다.

"긴장하지 말고, 모두 대기!"

정진이 목소리에 마나를 담아 큰 소리로 외쳤다.

정진은 사전에 협회장인 이기동을 통해 뉴 서울 쉘터의 몬스터 방어에 대한 지휘권을 부여받았다.

뉴 서울 쉘터 방어선에는 명성이 높은 다른 클랜들의 수장과, 헌터 협회 간부들도 많았다.

그러나 이기동은 몬스터 웨이브를 사전에 대비할 수 있도록 많은 지원을 해준 아케인 클랜에서 지휘해야 한다고 주장했다.

다른 헌터들도 그들의 안전을 위해 지원을 아끼지 않은 아케인 클랜을 믿고 이기동의 말에 수긍하였다.

사실 이미 작전이 철저하게 수립되어 있기에, 지휘권을 받았더라도 정진이 한 명령은 별것 없었다.

정진은 다른 것들은 각 클랜과 헌터들의 자율적인 준비에 맡기면서도 딱 한 가지, 무슨 일이 있더라도 당황하지 않고 냉정하게 판단해야 한다고 강조했다. 철저히 준비했으니 너무 걱정하거나 긴장할 필요 없다는 말도 했다.

헌터들은 끝이 보이지 않을 정도로 수많은 몬스터들을 보면서도 차분히 정진의 지시를 기다렸다.

게이트가 있는 뉴 서울을 향해 미친 듯이 달려오던 몬스터들이 마침내 1차 함정이 있는 구간으로 들어섰다.

크아아악!

앞에서 달리고 있던 소형 몬스터들이 지나가며 삐걱이기 시작한 목재가, 좀 더 큰 오크와 몰록들이 건너고 있던 순간 완전히 부서지며 무너져 버린 것이다.

함정에 빠진 몬스터들은 그대로 바닥에 박혀 있는 꼬챙이에 꿰였고, 함정을 기준으로 달려오던 몬스터들의 무리가 크게 흔들렸다.

뒤에서 달려오는 몬스터들에 의해 계속해서 몬스터들이 밀려 함정으로 떨어졌고, 쇠말뚝에 박히면서도 살아남은 몬스터들을 덮치기를 반복했다.

가능한 구덩이를 깊고 넓게 파도록 하긴 했지만, 밀려들던 몬스터들이 우르르 함정에 빠지면서 몬스터들의 시체로 금방 함정이 메워져 버렸다.

몬스터들은 바로 옆에서 다른 몬스터들이 죽어가는 것에

도 아랑곳하지 않았다. 함정에 빠져 죽은 몬스터들의 시체를 짓밟으며 뉴 서울 쉘터로 접근해 왔다.

정진은 달려오는 몬스터들의 위치를 주시하고 있었다.

몬스터들이 해자에 뛰어들며 뉴 서울 쉘터 주변이 첨벙거리는 물소리로 가득해졌다.

앞쪽에서 달리고 있던 코볼트나 고블린들뿐만 아니라, 오크와 몰록, 간간이 보이는 트롤들까지도 해자에 뛰어들었을 때쯤, 정진이 들고 있던 완드를 높이 들어 올렸다.

"콜 라이트닝!"

번쩍!

그러자 거짓말처럼 하늘에 먹구름이 생겨나더니, 한 줄기 뇌전이 해자 위로 떨어졌다. 포탄을 쏘는 듯한 요란한 소리가 울려 퍼지며 지축이 떨렸다.

"콜 라이트닝! 콜 라이트닝!"

정진은 완드를 들어 올린 채 계속해서 외쳤다.

시동어를 외칠 때마다, 정진의 시선이 닿는 곳에 번개가 무시무시한 속도로 내리쳤다.

뉴 서울 쉘터를 둘러싼 성벽은 길고 넓었다.

콜 라이트닝이 4클래스의 마법이기는 하지만, 해자 속 물과 만나 시너지 효과를 낸다고 하더라도 성벽 전체로 몰려오고 있는 몬스터들 모두에게 피해를 입히기는 힘들다.

정진은 전격 마법의 영향이 미치는 범위를 머릿속에 떠올리며, 해자 곳곳에 골고루 마법을 시전하고 있었다.

그때마다 해자 속 몬스터들은 머리 위로 내리치는 가공할 라이트닝 마법에 감전되어 제자리에 멈춰 섰고, 연기를 내며 불타올랐다.

라이트닝 마법은 해자에 고인 물을 따라 전파되었다. 번개가 내리친 주변의 몬스터들은 모두 감전되어 경련하고 있었다.

그 모습을 본 정진이 들어 올린 완드를 아래로 내리며 다른 마법을 시전했다.

"파이어 볼!"

그러자 뜨거운 화염구가 정진이 바라보고 있는 전면에 생성되어 이글이글 타오르기 시작했다.

정진이 완드를 든 손을 앞쪽으로 뻗자, 허공에 생성된 파이어 볼이 전방에 있는 몬스터들을 향해 날아가기 시작했다.

콰앙!

날아간 화염구는 몬스터들이 몰려 있는 틈 사이로 떨어졌고, 곧바로 굉음을 내며 폭발했다.

불길 사이로 보이는 일대는 마치 5클래스의 파이어 필드 마법을 시전한 듯한 모습이었다.

몬스터들이 있는 해자와 쇠말뚝이 박힌 함정 사이가 모두 불길로 뒤덮였다. 미리 해자와 함정 사이의 땅속에 휘발성 물질을 매설하고, 위에도 기름을 넉넉히 뿌려두었기 때문이다.

# Chapter 3
## 신위

　처음에는 긴장한 얼굴로 대기하던 헌터들은 몬스터 웨이
브가 시작된 지 한 시간이 지난 지금, 조금은 따분한 표정
을 하고 있었다.

　끝없이 밀려오는 듯하던 몬스터들이 함정에 속수무책으
로 당하면서, 방벽까지 접근한 몬스터가 단 한 마리도 없었
던 것이다.

　"거기! 마법 화살 낭비하지 마세요. 트롤이나 그 이상의
몬스터에만 사용하세요!"

　정진이 방벽 위에서 화살이나 볼트를 발사하고 있는 헌터
들을 향해 소리쳤다.

　근거리 무기를 사용하는 일반 헌터들은 계속 대기하고 있

었지만, 크로스 보우 등 원거리 무기를 가진 헌터들은 사정
거리까지 접근한 몬스터들을 공격하고 있었다.

정진은 중형 이상의 상대하기 어려운 몬스터들을 고려해
총 500개의 매직 볼트를 지원해 주었다.

그 500개로 모든 중형 몬스터를 처리할 수는 없겠지만,
그래도 강력한 한 방을 날릴 수 있는 매직 볼트를 유용하게
사용한다면 불리한 전황을 바꿔 버리는 한 수로 작용할 것
이라 생각한 것이다.

그런데 일부 헌터들이 비상시에 사용할 매직 볼트들을 일
반 소형 몬스터들에 사용하고 있었다.

"소형 몬스터를 상대할 때는 나눠 드린 매직 볼트를 사용
하지 마세요! 무조건 중형 이상의 몬스터에만 사용하세요!
아직 뒤에 몬스터가 많이 남아 있습니다. 아껴놓아야 합니
다!"

정진은 방벽 위에서 몬스터들을 요격하고 있는 헌터들 사
이를 돌아다니며 계속해서 외쳤다.

일반 화살이나 볼트로는 몬스터들을 완전히 쓰러뜨리기
가 쉽지 않았다. 급소에 몇 발 이상을 명중시켜야만 하니
방벽으로 바글바글 몬스터들이 몰려오는 상황에서는 여간
힘든 것이 아니었다.

반면 매직 볼트는 몬스터 하나에 맞추기만 하면 인챈트된

마법이 발현되면서 확실하게 쓰러뜨릴 수 있으니, 방벽 위에서 안전하게 몬스터를 요격하는 쾌감이 있었다.

매직 볼트의 위력에 취한 헌터들은 위험한 몬스터가 아닌데도 인챈트된 화살을 장전하여 날려 대고 있었다.

그 모습을 지켜보는 정진의 표정은 그리 좋지 않았다.

지금 달려드는 몬스터들이 끝이 아니다. 몬스터 웨이브가 언제 끝날지 모르기에 최대한 전력을 절약해서 보전해 두어야 했다.

아직도 몬스터는 많이 남았다.

정진은 방벽 밖에서 계속해서 몰려오고 있는 몬스터들을 바라보았다.

해자 건너편에서 타오르는 불길 때문에 다가오지 못하던 몬스터 중에는 상당한 숫자의 중(重)형 몬스터들이 섞여 있었다.


한편, 방벽과 조금 떨어진 곳에 있는 뉴 서울 셸터의 감시탑에는 이기동을 비롯한 헌터 협회 간부들이 전황을 지켜보고 있었다.

모두 아직까지 조금의 피해도 없이 몬스터 웨이브를 막아 내고 있는 상황에 매우 만족스러운 얼굴이었다.

방벽 밖을 향해 뚫린 창문을 보며 전투가 벌어지는 현장을 살피던 이기동이 고개를 끄덕였다.

15년 전에 있었던 몬스터 웨이브 때는 철저하게 준비한다고 준비했는데도 손쓸 여력도 없이 방어선이 붕괴되었다.

끝이 보이지 않을 만큼 밀려오는 몬스터들에 압도당한 헌터들의 사기는 바닥을 쳤고, 몬스터들은 그들을 짓밟고 게이트를 넘었다.

하지만 이번에는 달랐다.

이기동은 방벽 위쪽에서 분주히 헌터들 사이를 돌아다니고 있는 정진을 바라보았다.

이기동이 정진에게 총 지휘권을 부여한 뒤, 정진은 곧바로 방벽 앞에 함정을 만들고 해자를 파자는 의견을 제시했다.

처음에는 정진의 이런 의견에 불만을 표한 헌터들이 꽤 있었다.

함정이나 해자를 파면 대몬스터 병기인 아머드 기어를 제대로 활용하기 힘들어지기 때문이다. 덩치가 크고 무거운 아머드 기어는 해자나 함정 같은 장애물이 있을수록 운용하기 어려웠다.

몬스터와의 거리가 얼마 남지 않았다면서 언제 그런 것들을 다 준비하느냐는 말도 나왔다.

하지만 정진이 나서서 도움을 주니 단 하루 만에 모든 준비가 완료가 되어 버렸다.

그저 방벽 밖으로 나가 몇 마디 중얼거리니 구덩이가 생기고, 해자에 물이 흐르기 시작한 것이다.

헌터들이 한 것이라고는 정진이 함정 속에 박을 쇠말뚝을 준비하는 정도였다.

불만스러워하던 사람들의 입이 쏙 들어가고, 정진의 불가해한 능력에 많은 헌터들이 감탄했다.

그렇게 순식간에 준비한 함정에 빠진 몬스터가 몇이고, 해자에서 허우적거리다 방벽에서 쏘아 대는 화살이나 볼트에 죽은 몬스터만 몇인가.

벌써 한 시간이나 지속된 전투에서 헌터들은 아무 피해도 입지 않았고, 쉘터의 방벽도 그대로였다.

'이대로만… 이대로만 끝나라……!'

이기동은 마음속으로 간절히 기도했다.

지금까지 발생한 몬스터 웨이브에서 희생된 헌터들의 숫자는 그야말로 엄청났다.

게이트를 넘어간 몬스터들에 의해 발생된 물적, 인적 피해를 복구하는 데 들어간 비용만도 천문학적인 액수였다.

그런데 지금은 약간의 아티팩트를 비롯한 화살 등의 소모품만을 사용하였을 뿐이다.

이대로 계속 아무 피해도 없이 몬스터 웨이브를 막아낸다면 그것만큼 좋은 일이 없었다.

그렇게만 될 수 있다면 전 세계인들이 놀라워하며 그 비결을 궁금해할 것이다. 뉴 서울 쉘터 방어 준비를 맡았던 헌터 협회장인 자신의 입지도 탄탄해지리라.

✝     ✝     ✝

"불이 줄어든다!"

누군가가 급히 소리쳤다.

몬스터들이 몰려오는 것을 바라보던 정진이 입술을 깨물었다.

아무리 불을 지르기 위해 함정을 준비해 두었다고는 하지만, 워낙 많은 숫자의 몬스터가 위를 덮으니 끝없이 타오를 것만 같던 불길이 조금씩 사그라들고 있었다.

아직 불에 탈 것들은 많았지만 몬스터들의 시체가 쌓이면서 부족해진 산소 때문에 더 이상 불이 붙지 않는 것이다.

"몬스터가 다시 몰려옵니다!"

먼 곳을 주시하던 헌터 하나가 들고 있던 크로스 보우를 접으며 외쳤다.

해자 건너편의 불길이 줄어들자 주저하던 몬스터들이 다시 방벽을 향해 돌진하기 시작했다.

전방을 노려보던 정진이 크게 소리쳤다.

"아머드 기어 부대 출진! 방벽 앞에 대기!"

도르래가 돌아가는 요란한 소리와 함께 뉴 서울 쉘터의 성문이 열리고, 성문 앞에서 대기하고 있던 아머드 기어들이 열을 맞춰 빠져나갔다. 그리고 마치 또 다른 방벽처럼 쉘터 방벽 앞에 나란히 늘어섰다.

성문 밖으로 빠져나온 아머드 기어들이 분주히 움직이며 무언가를 만들기 시작했다. 아머드 기어들은 하나같이 어떤 것의 파트처럼 생긴 금속으로 된 물체를 하나씩 들고 있었다.

잠시 후, 하나로 연결된 물체의 모습이 드러났다.

그것은 육중한 무게를 가진 아머드 기어들도 해자를 건널 수 있도록 만든 조립형 교량이었다.

다리를 만드는 아머드 기어들은 해자 건너편에 몬스터가 달려오고 있는 와중에도 당황하지 않고 모두 익숙한 듯 일사불란하게 움직이고 있었다.

해자를 만들던 당시, 정진이 아머드 기어를 운용하는 드라이버들에게 몬스터들이 몰려와 전투가 벌어지기 전까지 신속하게 다리를 조립하고 설치하는 연습을 하도록 미리 지시해 두었던 것이다.

이윽고 해자에 다리를 설치하는 작업까지 끝나자, 2열로 늘어서 있던 아머드 기어들이 차례차례 해자를 넘어갔다.

아머드 기어들의 모양이나 장비하고 있는 무기는 드라이버에 따라 조금씩 달랐지만, 5m 크기의 거대한 아머드 기어 수백 기가 군대와 같은 일정한 모습으로 다리를 만들고 넘어가는 모습은 장관이었다.

"와아아아!"

방벽 위에 있던 헌터들이 모두 환호하며 그 모습을 지켜보았다.

어느새 플라이 마법으로 공중에 몸을 띄운 채 방벽 앞쪽에서 아머드 기어들을 바라보던 정진이 팔을 들어 몬스터들이 몰려오는 쪽을 가리켰다.

"돌격!"

그러자 해자를 모두 건넌 아머드 기어들이 해자와 평행하게 늘어서서 장비하고 있던 무기를 뽑아 들고, 전면으로 전진하기 시작했다.

개중에는 일반적으로 쓰는 대검이 아닌 금속제 메이스나 도끼를 들고 있는 아머드 기어도 있었다.

쾅앙!

마침내 불길 속을 뚫고 달려온 몬스터들과 아머드 기어들이 맞닥뜨렸다. 육중한 아머드 기어와 충돌한 몬스터들 일부는 굉음과 함께 튕겨 나갔다.

그러나 전황이 일방적으로 아머드 기어 쪽에 유리하게 돌아가고 있는 것은 아니었다.

워낙 많은 몬스터들이 몰려오다 보니 아무리 수 톤의 무게를 자랑하는 아머드 기어라고 할지라도 조금씩 밀리기 시작한 것이다.

공중에 뜬 채 그 모습을 보고 있던 정진의 표정이 침중해졌다.

몬스터의 수가 압도적으로 많다고는 하지만, 현재 아머드 기어들이 상대하고 있는 몬스터들은 대부분 소형이나 중(中)형 몬스터들이었다.

함정을 넘어 쉘터로 접근하고 있는 몬스터들 중에는 오거와 같은 중(重)형 몬스터들도 간간이 있었지만, 아직까지 아머드 기어와 맞붙기에는 거리가 있었다.

문제는 그 너머로 보이는 몬스터들의 수가 아직도 끝이 보이지 않는다는 것이었다.

"아직도… 이제 겨우 십분의 일이나 처리했으려나."

정진은 이대로는 도저히 몬스터 웨이브를 막아낼 수 없다는 것을 실감했다. 해도 해도 너무할 정도로 많은 수가 게이트를 노리고 달려들고 있었다.

"다른 방법이 필요하겠어."

결연한 표정으로 중얼거린 정진은 아머드 기어들이 해자 건너편에서 시간을 벌어주는 동안, 그들의 머리 위를 넘어 몬스터들의 시체로 가득한 함정 쪽으로 다가갔다.

아머드 기어라고 하지만 한정 없이 전투를 계속할 수는 없었다. 아머드 기어를 운용하는 드라이버들의 체력을 고려하면, 길어야 30분이 한계였다.

앞으로도 계속해서 몬스터들은 몰려올 것이다.

최대한 희생 없이 쉘터를 끝까지 방어해 내기 위해서는 일단 지금 무용지물이 된 함정을 보수할 필요가 있었다.

정진이 들고 있던 완드를 함정이 있는 쪽으로 향하며 외쳤다.

"인페르노!"

완드 끝에 있는 마정석이 빛을 발했다. 정진이 떠 있는 곳까지 훅 열기가 끼쳐 왔다. 몬스터의 사체로 가득한 구덩이에서 화염이 타오르기 시작한 것이다.

인페르노는 비록 5클래스의 마법이지만, 화염 마법 중에서도 8클래스의 헬 파이어 다음으로 온도가 높은 마법이었다.

또한 한 번 불이 붙으면 대상이 모두 타서 완전히 재가될 때까지 꺼지지 않는 특성을 가지고 있었다.

함정에 피어오른 화염은 몬스터들의 사체를 가공할 온도로 불태웠고, 아머드 기어들이 전투를 벌이고 있는 쪽으로 더 이상의 몬스터가 유입되는 것을 막았다.

평원에서 몰려오고 있던 몬스터들은 타오르는 화염 앞에서 멈칫거렸다.

구덩이를 가득 메우고 있던 죽은 몬스터들이 불길에 휩싸여 타들어가면서 조금씩 재가 되어 사라지기 시작했다.

함정 안쪽을 확인한 정진은 다시 몸을 돌려 쉘터 쪽으로 돌아왔다.

해자 쪽으로 돌아온 정진은 몬스터와 전투를 벌이고 있는 아머드 기어들의 상황을 확인해 보았다.

함정을 넘어오는 몬스터들이 없어지면서 공간적인 여유가 생기자 제 실력을 발휘하기 시작한 아머드 기어들이 몬스터들을 몰아붙이고 있었다.

대검 등의 무기를 거침없이 휘두르는 아머드 기어들의 위협에 주춤한 몬스터들의 기세가 한풀 꺾인 것이다.

쉘터 쪽을 돌아보자, 방벽 한가운데에 있는 첨탑 꼭대기에 파란 깃발이 올라와 있는 것이 눈에 들어왔다. 방벽 오른쪽에 있는 초소 지붕도 마찬가지였다.

반면 왼쪽에 있는 초소의 지붕에는 조금 다르게 빨간 깃발이 올라와 있었다.

현재 정진과 아머드 기어 부대, 그리고 몬스터들이 접전을 벌이고 있는 것은 뉴 서울 쉘터의 동문이었다. 가장 많은 몬스터들이 몰려올 것으로 예측한 루트였다.

정진은 만약을 위해, 자신이 아머드 기어 부대와 작전을 펼치기 위해 쉘터 밖으로 나갈 경우 쉘터 각 문의 상황을 알아보고 깃발로 전달해 달라는 작전 지시를 내려두었다.

중앙 첨탑의 깃발은 서문, 오른편은 북문, 왼편은 남문의 상황을 알려주는 것이었고, 파란색 깃발은 아직 상황이 괜찮음을 뜻했다.

정진은 왼쪽 초소에 올라온 빨간 깃발을 노려보았다. 남문의 상황은 그리 좋지 않은 모양이었다.

남문 또한 몬스터 웨이브의 진행 방향 중 하나였으니, 몬스터의 수가 상당히 많았으리라. 남쪽 성문에도 가서 함정을 재정비할 필요가 있을 듯했다.

고개를 끄덕인 정진은 해자 쪽으로 완드를 든 손을 향했다.

"리버스 그래비티."

그러자 아머드 기어들이 설치한 해자 위의 다리가 허공으로 붕 떠올랐다.

아머드 기어도 여러 대가 파트로 나누어 옮겨야 하는, 강철로 된 육중한 무게의 다리가 통째로 들리는 것을 보며 방벽 위에 있던 헌터들이 탄성을 터뜨렸다.

정진은 재빨리 떠오른 다리를 조종하여 쉘터 안쪽으로 옮기고, 시간을 확인했다.

이미 아머드 기어 부대가 출진한 지도 10여 분이 흘러 있었다. 그는 자신에게 확성 마법을 사용한 뒤 외쳤다.

"후퇴 준비!"

목소리가 전장 전체에 울려 퍼지자, 몬스터들과 싸우고 있던 아머드 기어들이 일제히 몬스터들을 몰아붙이며 화염 쪽으로 밀어 댔다.

아머드 기어들이 움직이는 것을 확인한 정진이 곧바로 완드를 다시 들어 올렸다.

그동안 몬스터들을 밀어붙이고 있던 아머드 기어들은 조금씩 뒤쪽으로 빠지기 시작했다. 정진의 입에서는 쉴 새 없이 스펠이 흘러나왔다.

심상치 않은 기운을 지닌 먹구름이 정진이 들고 있는 완드를 중심으로 쉘터 상공에 모이고 있었다.

이윽고 아머드 기어들이 충분히 몬스터들과 떨어지자, 정진은 완드를 든 채 시동어를 외쳤다.

"라이트닝 템페스트!"

그러자 완드를 중심으로 번쩍이는 수십 개의 뇌전이 몰려들었다.

곧바로 정진이 완드를 전면을 향해 휘두르자, 이름 그대로 거대한 벼락의 폭풍이 몬스터들을 휩쓸었다.

라이트닝 템페스트는 7클래스의 전격 마법이었다. 라이트닝 템페스트의 위력은 방금 전 정진이 사용한 5클래스의 '콜 라이트닝' 마법과는 현격한 차이를 보였다.

정진이 있는 곳을 중심으로 반경 1㎞가 넘는 모든 곳이 내리치는 번개로 뒤덮이며 몬스터들이 흔적도 없이 재가 되었다. 운 좋게 마법의 반경에서 벗어난 몇 몬스터들조차 흘러넘친 전격으로 위축되어 한동안 움직일 수 없는 상태가 되었다.

"지금이다!"

물러나 있던 아머드 기어들은 재빨리 북문이 있는 뉴 서울 쉘터 방벽의 오른편으로 이동하기 시작했다.

정진은 아머드 기어들이 이동하는 것을 확인하고, 그 뒤로 달라붙는 몬스터들에게 마법을 사용해 그들을 지원했다.

마침내 아머드 기어 부대가 모두 이동하여 북문 쪽에서 준비한 다리를 통해 해자를 넘었다.

정진은 즉시 다시 리버스 그래비티 마법을 사용하여 다리를 방벽 쪽으로 이동시켰다.

그러고는 쉘터 위를 가로질러 방금 전 깃발을 통해 위험 신호를 보낸 쉘터 남문으로 빠르게 날아갔다.

남문 방벽 위에서 쉘터를 방어하고 있던 헌터들은 아머드 기어 부대가 출진한 이후, 아머드 기어 부대 쪽으로 접근하는 몬스터들에게 매직 볼트를 날리는 것으로 어렵게 대응하고 있었다.

순식간에 남문 위쪽에 도착한 정진이 다시 완드를 허공에 들어 올렸다.

그러자 지름 2m가 넘는 커다란 불덩이가 허공에 맺히기 시작했다.

방벽 위에 있는 헌터들에게까지 열기가 느껴지는 그 화염은 점점 커지면서 분열하기 시작했다. 두 개, 네 개, 여덟 개, 열여섯 개… 계속해서 숫자를 늘려가던 불꽃은 어느새 더 이상 눈으로 숫자를 세기 어려울 정도로 많아져 있었다.

이윽고 정진이 들고 있는 완드가 뉴 서울 쉘터 남문을 향해 달려오고 있던 몬스터들을 향하자, 비가 내리듯 수많은 불덩이들이 쏟아지며 모든 것을 태워 버렸다.

쾅! 콰앙!

화염이 떨어질 때마다 귀가 멍멍해지는 소리가 터져 나왔고, 몬스터들은 재가 되어 무너졌다.

보는 것만으로도 간담이 서늘해지는, 진정한 마법사로서 전장에 나선 정진의 모습이었다.

6클래스의 파이어 레인이 가진 위력에, 방벽 위에서 그 모습을 보고 있던 헌터들은 입을 다물지 못했다.

하지만 남문 방벽 앞 허공에 떠 있는 정진의 얼굴은 무서울 정도로 차분한, 경외심과 흥분으로 가득한 다른 사람들의 표정과는 대비되는 모습이었다.

마음 같아서는 6클래스만이 아니라 7클래스나 8클래스의 고위 마법을 사용해 다대일 전투의 왕이라 불리는 마법사의 모습을 보여주고도 싶었다.

하지만 정진은 더 이상 고위 마법을 사용하지 않았다.

아케인 클랜을 제외한 다른 헌터들도 모두 지켜보는 가운데 고위 마법을 너무 쓰는 것도 좋지 않다고 판단한 것이다.

어떤 상황에서도 냉정을 잃지 않는 것, 정진은 마법사로서의 자세를 잊지 않았다.

†      †      †

이때 뉴 대전 쉘터에서는 뉴 서울의 풍경과는 사뭇 다른 처절한 싸움이 벌어지고 있었다. 이미 몬스터들은 다른 죽은 몬스터들의 시체를 밟고 성벽을 기어 올라오고 있었다.

"막아! 어떻게든 막아!"

크르륵! 키아아아악!

"여기! 이쪽에 오거가 올라옵니다!"

헐레벌떡 방벽 위를 이동한 헌터 하나가 매직 볼트를 발사했다. 허벅지 부근에 볼트를 맞은 오거가 순간적으로 얼어붙으며 방벽 아래로 떨어졌고, 그 뒤를 따라 올라오던 몬스터까지 오거에 딸려 떨어져 버렸다.

그러나 방벽 위로 올라오고 있는 몬스터들은 너무나 많았다.

헌터들은 방벽 위로 몬스터들이 고개를 내밀 때마다 다급하게 무기를 휘둘러 댔지만, 몬스터들이 완전히 방벽 위로 올라서는 것도 시간문제처럼 보였다.

그레이트 소드를 휘두르면서도 전황을 주시하고 있던 이정진이 결연한 표정을 지었다.

'이대로는 안 되겠다.'

이정진은 주변에 흩어져 있는 아케인 클랜 헌터들을 향해 큰 소리로 외쳤다.

"구슬 준비!"

그러자 방벽 위에서 몬스터들을 밀어내고 있던 아케인 클랜원 몇 명이 허리춤에서 둥그런 공 모양의 물건을 꺼내 들었다.

야구공만 한 크기의 그것은 붉은 연기가 가득 들어 있는 투명한 구슬처럼 보였다. 표면에는 기하학적인 문양이 빼곡하게 새겨져 있었다.

준비가 끝난 것을 확인한 이정진이 외쳤다.

"던져!"

이정진의 주변에 있던 10여 명의 아케인 클랜원들은 제각기 방벽 아래로 그것을 힘껏 집어 던졌다. 이정진 또한 들고 있던 구슬을 멀리 투척했다.

둥그런 아티팩트는 성벽을 기어 올라오고 있는 몬스터들의 머리 위를 넘어 떨어졌다.

콰아앙! 콰아앙!

곧이어 지축이 흔들리는 듯한 진동과 함께 굉음과 뜨거운 화염이 방벽 아래에서 몰아쳤다.

기어오르던 몬스터들은 비명도 지르지 못하고 우르르 방벽 아래로 떨어졌고, 폭발에 휩싸여 찢겨 나갔다.

아케인 클랜원들이 던진 구슬은 바로 정진이 만들어낸 새로운 아티팩트로, 익스플로전 구슬이라 이름 붙인 것이었다.

외부로부터 충격이 가해져 표면을 덮고 있는 구슬이 파괴되면, 내부에 담고 있는 마법이 발현되도록 설계되어 있었다.

구슬 윗부분에는 따로 버튼이 있었다. 일상적인 충격에 견딜 수 있도록, 버튼을 누른 뒤에만 마법이 발현되도록 하는 안전 장치였다.

이번에 정진이 뉴 대전 쉘터로 파견된 클랜원들에게 지급한 이 구슬에는 무려 5클래스의 폭발 마법인 익스플로전 마법이 인챈트되어 있었다.

뉴 서울에는 정진이 직접 왔으나, 동생들과 다른 클랜원들은 뉴 대전 쉘터로 파견되었다.

정진은 자신이 없을 때를 대비하여 혹시나 하는 마음에 준비해 준 것이었다.

동생들은 아직 5클래스인데다, 실전 경험이 부족했기 때문에 혹시나 위험해지지 않을까 염려한 것이다.

다만 새롭게 만들어낸 아티팩트이기도 하고, 어마어마한 위력에 비해 수가 한정되어 있다보니 뉴 대전 쉘터에 지원하기는 어렵다고 판단했다.

때문에 정진은 매직 볼트와는 달리, 부클랜장인 이정진 편에 구슬을 따로 100개 들려 보냈다.

100개라는 숫자는 뉴 대전으로 파견되는 아케인 클랜원의 숫자에 비해 부족한 수량이었다.

하지만 5클래스의 익스플로전 마법을 100회 쓸 수 있다고 생각하면, 동시에 모두 터트릴 수 없다 해도 사용하기에 따라 전술 핵 못지않은 효과를 볼 수도 있었다.

이정진은 정진에게서 받은 구슬이 일회성 효과를 지닌 아티팩트이기 때문에 클랜원들에게 위급 상황이 닥치지 않는 이상 쓰지 않으려고 생각하고 있었다.

그러나 감당하기 어려운 숫자의 몬스터들이 몰려들어 전황이 어려워지자 비장의 한 수로 사용한 것이다.

이정진을 비롯한 열 명 남짓의 클랜원들이 구슬을 사용하자, 익스플로전 마법의 상상 이상의 효과로 쓸려 나간 몬스터들이 성벽을 오르지 못하고 주춤거렸다.

그사이를 틈타 이정진이 목청을 돋워 힘껏 외쳤다.

"지금이다. 밀어붙여!"

그 소리에 반응이라도 하듯, 방벽 위에 서서 익스플로전 마법에 휩쓸려 떨어진 몬스터들을 바라보던 헌터들이 재빠르게 아직도 몬스터들이 붙어 있는 다른 방벽 위로 움직였다.

이정진도 다른 아케인 클랜원들과 함께 그쪽으로 이동했다.

"구슬 준비!"

방벽에 있던 아케인 클랜원들이 다시 저마다 구슬을 꺼내 들었다.

다른 헌터들은 구슬을 던지지 않은 다른 쪽의 방벽에 합류해서 오르고 있던 다른 몬스터들에게 두셋씩 달라붙었다.

그사이에 뒤에 있던 헌터들이 몬스터를 밀어붙이며 생긴 공간에 들고 있던 무기를 힘껏 찔러 넣었다.

크아아아악!

끝없이 올라오던 몬스터들이 한꺼번에 밀어붙이는 헌터들의 공세에 휘청였다. 몇몇 몬스터들은 방벽 밑으로 굴러 떨어졌다.

이정진이 소리 높여 외쳤다.

"지금이다! 던져!"

아케인 클랜원들이 또다시 구슬을 방벽 밑으로 집어 던졌다.

콰앙! 콰앙!

마구 밀어 대며 무기를 찔러 넣는 헌터들에게 밀리던 몬스터들은 폭발과 함께 방벽 밑으로 떨어졌다. 그리고 익스플로전의 여파에 휩싸이며 찢겨 나갔다.

아래로부터 훅 올라오는 폭발의 여파를 느끼며 헌터들이 숨을 몰아쉬며 한 걸음 물러섰다.

방벽 위에서 몬스터들을 막고 있던 헌터들은 구슬을 던지면서 생긴 잠깐의 여유 동안 겨우 한숨을 돌릴 수 있었다.

사실 뉴 대전 셸터에 모여 있던 헌터들은 내심 몬스터 웨이브를 얕잡아 보고 있었다.

헌터 협회에서 끊임없이 주의를 주었지만, 예전 몬스터 웨이브에 휩쓸려 게이트를 허용하던 그때와 지금은 전혀 다르다는 확신이 있었다.

사실 2, 3차 몬스터 웨이브를 방어할 때, 대한민국은 대몬스터 병기인 아머드 기어조차 몇 대 보유하고 있지 않았다.

부대라고 하기가 민망할 정도의 수였고, 그나마도 제대로 운용할 수 있을 만큼 뛰어난 아머드 기어 드라이버도 부족했다.

때문에 당시 게이트를 방어하던 헌터들은 대부분 원시적인 냉병기를 든 채 몬스터들을 상대해야 했다.

하지만 지금은 달랐다.

5년 전부터 헌터 협회에서 판매하기 시작한 매직 웨폰은 이제 헌터들 사이에서 꽤 보편화되어 있었다.

매직 웨폰의 존재는 헌터들의 전력을 몇 배나 높여주었다.

원시적인 형태의 냉병기를 사용하던 예전에 비해 훨씬 헌팅이 쉬워졌고, 그동안 잡을 수 없었던 몬스터도 매직 웨폰을 활용해 잡을 수 있게 되었다.

더욱이 헌터 협회에선 얼마 전부터 헌터들이 부상을 당하면 바로 사용할 수 있도록 포션을 1인당 한 병씩 제공하고 있었다.

여벌의 목숨이나 다름없는 포션의 존재가 오히려 헌터들의 방심을 불러일으켰다.

이번 몬스터 웨이브는 헌터 협회가 헌터들의 희생을 막기 위해 여러모로 준비한 것들이 많았다.

때문에 헌터들은 스스로 생존 가능성이 무척 높다고 생각했다.

예전보다 더 단단하고 높은 방벽과 수많은 아머드 기어, 그리고 아티팩트와 포션까지 있으니 걱정이 없다고 생각한 것이다.

하지만 몬스터 웨이브가 시작되고 나서 그런 자신감은 순식간에 사라졌다.

모든 준비가 완벽하다고 생각을 했는데, 정작 수없이 많은 몬스터들이 몰려오기 시작하자 자신들이 몬스터 웨이브를 얼마나 가볍게 생각하고 있었는지 알 수 있었다.

몬스터 웨이브는 헌터들이 기존에 하던 몬스터 헌팅과는 전혀 달랐다.

헌터들은 끝도 없이 밀려드는 몬스터의 물결 속에서 헌터들은 조금도 쉴 틈 없이 계속해서 무기를 휘두르는 것을 반복해야만 했다.

하나를 막으면 뒤에 또 다른 몬스터가 달려들고, 그것을 막아내면 또 다른 몬스터가 그 뒤를 이어 달려든다.

지금 자신이 몬스터를 잡고 있는 것인지, 아니면 허깨비를 상대하는지도 분간하기 어려울 정도였다.

아니, 그런 생각을 할 겨를이 아예 없었다는 것이 더 정확할지도 모른다.

익스플로전 구슬을 투척해서 방벽에 달라붙는 몬스터들을 일순 밀어낸 헌터들이 방벽을 붙잡으며 휘청이고, 바닥에 주저앉았다.

최전선에서 힘겨운 전투를 한 시간이 넘도록 이어가던 그들은 지칠 대로 지쳐 있었다.

헌터들은 애써 기다시피 이동하여 쉘터 안쪽에 있던 다른 헌터들과 교대한 뒤, 휴식을 취하기 위해 마련해 놓은 캠프에 쓰러지듯 처박혔다.

"젠장, 아머드 기어는 아직 써보지도 못했는데!"

한 헌터가 씹어뱉듯 중얼거렸다.

말할 힘도 없어 축 늘어져 있던 다른 헌터들도 정말 그렇다는 듯 망연한 얼굴로 몬스터들이 있는 쪽을 바라보았다.

실제로 게이트를 방어하는 헌터들의 최대 전력은 뭐니 뭐니 해도 아머드 기어였다.

그런데 대몬스터 병기의 꽃이라고 할 수 있는 수백 기의 아머드 기어는 아직도 쉘터 안에 계속 대기하는 중이었다.

그 이유는 생각보다 단순했다.

몬스터들이 몰려오면 곧바로 쉘터 안에 대기하고 있던 아머드 기어를 출진시켜 방벽 앞에서 몬스터들을 상대하자는 것이 헌터들의 생각이었다.

하지만 그들의 예상을 한참 뛰어넘는, 그야말로 어마어마한 숫자의 몬스터들이 한꺼번에 몰려오고 있다는 것이 문제였다.

아머드 기어의 무게는 수 톤이 넘어간다.

하지만 대책 없이 몰려오는 몬스터들의 파도 앞에는 속수무책이었다. 분명 제대로 움직여 보지도 못하고 거꾸러질 게 틀림없었다.

더욱이 아머드 기어가 주무기인 대검 등을 활용하려면 그것을 뽑아 들고 휘두를 공간이 필요했다.

하지만 눈앞의 몬스터 무리는 땅이 보이지 않을 정도로 빽빽하게 몰려오고 있었다.

저들끼리 밀치고 밟히면서도 미친 듯이 앞으로 돌진하는

몬스터들을 상대로 아머드 기어를 어떻게 운용하겠는가.

아머드 기어 부대가 나간다고 할지라도 밀려오는 몬스터들에 밀리며 행동 불능 상태에 빠지게 될 것이다.

결국 쉘터 안에 대기시켜 둔 아머드 기어 부대는 성문 밖으로 나가보지도 못한 채 그대로 방치되어 있었다.

"그래서 준비하자고 했건만……."

이정진은 지쳐 있는 헌터들을 보며 한숨을 내쉬었다.

몬스터 웨이브가 닥치기 직전까지도 이정진은 헌터 협회 뉴 대전 지부에 있는 간부들과 각 헌터 클랜의 수장들에게 여러 번 이야기했다.

계속해서 몬스터 웨이브의 무서움을 몇 번이나 상기시키며, 현실적인 작전을 세워 방어 연습을 해야 한다고 주장했다.

몬스터 웨이브가 시작되면 아머드 기어가 활동할 수 있는 공간이 없을 것이다.

그렇게 되면 방벽 위에서 아래를 공격해야 하는 만큼 크로스 보우가 아닌 근거리 매직 웨폰들은 방벽이 뚫릴 때까지는 거의 활용할 수 없으리라.

정진은 그렇게 예측했다.

그래서 게이트 방어전에 파견되기 전, 아케인 클랜원들은 논의 끝에 뉴 서울과 뉴 대전 쉘터의 방벽 앞에 해자와 함정을 준비하는 작전을 세웠다.

그리고 정진의 예상은 적중했다.

이정진의 말을 무시하고 쉘터 방어 준비를 소홀히 한 뉴대전 쉘터의 헌터들은 혹독한 대가를 치러야만 했다.

익스플로전 구슬을 통해 몬스터를 밀어냈기에 망정이지, 그대로 있었으면 곧 방벽을 내줘야 했을 것이다.

방벽 위에서 몬스터들을 상대하던 헌터들 중에서는 사상자도 상당수 발생했다.

그들은 휴식을 취하면서도 아케인 클랜의 말을 무시하여 소속 헌터들을 사지로 내몬 헌터 협회 뉴 대전 지부 간부들과 각 클랜 수장들을 원망했다.

"비상 대책 본부 대표들은 다 어디 있는 거야!"

"맞아! 그놈들은 이런 상황에 뭘 하는 거야!"

늘어져 있던 헌터들이 이를 갈며 외쳤다.

아무리 눈코 뜰 새 없이 몬스터들이 몰려오는 방벽 위에서 무기를 휘두르고 있었다고 하지만, 싸우고 있던 헌터들은 방벽 위에 협회 간부들이나 클랜 대표들이 없었다는 것을 기억하고 있었다.

위험한 제일선에는 헌터 협회 간부나 대형 클랜의 헌터들이 하나도 존재하지 않았다.

방벽 위에서 힘들게 싸우던 헌터들은 모두 소형 클랜이나 팀으로 활동하는 일반 헌터들이었고, 아케인 클랜만이 유일하게 함께 싸우며 그들을 도와주었다.

이러한 사실을 떠올린 일반 헌터들의 분노는 갈수록 커져 갔다.

# Chapter 4
## 위기의 뉴 대전

방벽에 서 있던 한 헌터가 방벽을 향해 뛰어오고 있는 오거를 향해 들고 있던 크로스 보우를 조준했다.

곧이어 바람을 가르는 소리와 함께 오거의 가슴팍에 볼트가 날아가 꽂혔다.

그러나 중(重)형 몬스터 중에서도 최강이라는 오거의 흉악한 모습에 비해 볼트가 입힌 피해는 너무도 미미해 보였다.

크기만도 수 미터에 달하는 오거에 박힌 볼트는 이쑤시개가 박힌 것보다 조금 더 커 보일 뿐이었다.

그런데 그때, 박혀 있는 볼트 주변에 순간적으로 붉은빛의 빛이 모이기 시작하더니 가스에 불을 붙인 것처럼 터져

나갔다.

꽈아앙!

굉음과 함께 일어난 거대한 폭발이 오거를 집어삼켰다.

아케인 클랜에서 만든 매직 볼트였다. 볼트에 인챈트되어 있는 매직 봄(Magic Bomb) 마법이 한 방에 오거를 움직이지 못하게 만들어 버린 것이다.

마법이 발동되자마자 기다렸다는 듯 다른 헌터들이 화력을 집중했다.

그러자 순식간에 십여 개의 볼트에 적중당한 오거는 그대로 방벽에 접근하지 못한 채 숨을 거뒀다.

영원히 끝나지 않을 것만 같던 몬스터의 물결도 차츰 잦아들고 있었다.

"조금만 더 버티면 됩니다! 끝이 보입니다!"

방벽 너머의 몬스터들의 수가 눈에 띄게 줄어든 것을 확인한 정진이 목이 터져라 외쳤다.

뉴 서울 쉘터의 방벽을 지키고 있는 헌터들은 이미 무기를 휘두르기도 힘들 정도로 지쳐 있었다.

몬스터 웨이브가 뉴 서울 쉘터를 덮친 지도 벌써 3일째였다.

그동안 간간이 정진이 마법을 쓰거나 아머드 기어 부대가 시간을 버는 사이에 쉘터 내부에 대기하고 있는 헌터들과 교대로 방벽 위의 일선을 방어하고 있었다. 그렇게 나누어 가며 휴식을 취하긴 했지만 이미 한계였다.

처음에는 그저 게이트만을 노리고 달려들던 몬스터들은 이제 마치 누가 조종이라도 하는 듯 세가 불리하면 뒤로 물러났다가, 어느 정도 숫자가 모이면 다시 게이트를 막고 있는 쉘터의 방벽을 향해 달려들었다.

일단 방벽 위에 서면 교대할 때까지는 쉴 새 없이 무기를 휘둘러야만 했다. 몬스터들의 수는 죽여도, 죽여도 끝이 없을 만큼 많았고, 마법과 아티팩트 등으로 끊임없이 폭발이 일어나며 불태우는데도 몬스터의 사체가 산처럼 쌓였다.

전투가 길어지면서 많은 헌터들이 죽거나 부상을 입었다. 의무대로 옮겨지지 않고 아직 전투에 참여하고 있는 다른 헌터들 중에도 자잘한 부상 하나 없는 이가 드물었다.

하지만 쓰러졌다가는 순식간에 몬스터들이 몰려들어 주변의 동료들과 쉘터 내부에 있는 다른 헌터들, 더 나아가 게이트 너머의 사람들마저도 위험해질 수 있다는 것을 잘 알고 있었다.

정진의 외침을 들은 헌터들이 기를 쓰고 다시 무기를 든 팔에 힘을 주었다.

그리고 나서 얼마 뒤, 허공에 뜬 채 전황을 살피던 정진이 몬스터들이 몰려오는 방벽 앞쪽으로 날아갔다.

몬스터들의 중심에 멈춰 선 정진이 조용히 스펠을 외우기 시작하자, 한 손에 들고 있는 완드를 중심으로 바람이 휘몰아쳤다.

스펠이 길어질수록 더 선명하고 정교한 마법진들이 나타났다. 그리고 마침내 완성되었을 때는 여덟 개의 마법진이 정진의 주변에서 빛나고 있었다.

"블리자드(Blizzard)."

방벽 위에서 전투를 계속하고 있던 헌터들은 전면에서 느껴지는 심상치 않은 기운에 고개를 들었다.

"…어쩐지 좀 추워지지 않았어?"

사시사철 후덥지근한 뉴 어스의 하늘에 싸늘한 진눈깨비가 흩날리고 있었다. 그리고 첫 진눈깨비가 바닥에 내려앉기도 전에 눈은 무섭게 굵어졌다.

콰아아아아아!

고막을 찢을 듯한 날카로운 바람 소리가 들려왔다.

곧이어 마구 불어난 눈덩이들이 미친 듯이 지면에 처박혔다. 더 이상 눈이라고도 할 수 없는, 우박과 같은 얼음 덩어리가 몬스터들을 뒤덮으며 유리 깨지는 소리를 냈다.

폭풍처럼 휘몰아치는 눈보라는 모든 것을 얼려 버릴 듯 날뛰었다. 마구 뛰어오던 몬스터들이 극심한 바람으로 눈도 뜨지 못하고 멈춰 섰다.

헌터들이 있던 방벽에까지 서리가 내려앉았다. 몬스터들이 더 이상 다가오지 못하게 되자, 헌터들은 주춤거리며 싸늘한 방벽에서 몇 걸음 물러섰다.

휘몰아치는 눈보라 사이, 정진이 떠 있는 허공만은 태풍의 눈처럼 고요했다.

꼼짝도 않고 그 모습을 지켜보던 헌터들은 이 무시무시한 자연현상을 일으키고도 오연하게 그것을 내려다보는 정진을 두려운 눈으로 바라보았다.

10분도 채 지나지 않아 방벽 앞에 남아 있던 수백의 몬스터들은 비명도 지르지 못하고 모조리 제자리에 얼어붙었다.

허공을 수놓고 있던 여덟 개의 마법진이 서서히 빛을 잃고 사라져 갔다. 정진이 조금씩 눈보라를 일으키고 있던 마법진에 공급하던 마력을 끊은 것이다.

가만히 서서 얼어붙은 몬스터들의 모습을 바라보고 있던 정진이 살짝 고개를 끄덕였다.

8클래스의 블리자드는. 다른 8클래스의 마법에 비해 위력이 다소 부족했지만, 마법진에 공급하는 마력에 따라 범위에 들어가는 대상을 얼릴 수 있다는 특징이 있었다.

특히 같은 얼음 마법 중에서도 마법의 범위에 들어가는 기온 자체를 낮추어 대상을 내부에서부터 얼어붙게 만들 수 있는 것은 블리자드뿐이었다.

즉, 똑같이 얼어붙게 하더라도 공급하는 마력의 양을 조절하면 완전히 얼어붙어 깨져 버리는 일이 없도록 할 수 있었다.

그동안 수없이 많은 몬스터들을 죽였지만, 마정석 등의 부산물을 챙길 수 있는 사체는 거의 찾아볼 수 없었다.

아티팩트와 정진의 마법 등으로 형체도 없이 찢겨 나갔기 때문이었다. 아무리 단단하고 질긴 가죽을 가진 몬스터라고 하더라도 6클래스 이상의 마법으로 타격하면 터져 나가게 된다.

정진은 전투가 끝을 바라보고 있는 만큼 쉘터를 방어하면서 잃은 것만큼 수익이 있어야 한다고 판단했다. 그렇다면 굳이 강력한 마법으로 몬스터들을 날려 버릴 필요는 없었다.

움직임을 완벽하게 제한하면서 본모습을 유지시킬 수 있는 블리자드를 사용한 것은 그래서였다.

블리자드로 인해 얼어붙은 몬스터들은 대부분 몬스터 웨이브의 뒤쪽에 위치하고 있던 몬스터들이었다. 오거와 같은 중(重)형 몬스터들의 모습이 꽤 많이 눈에 띄었다.

눈보라가 거의 잦아들자, 정진은 몸을 돌려 천천히 다시 쉘터 쪽으로 날아갔다.

"끝났습니다. 눈보라가 완전히 사라지면 성문 밖으로 나가셔도 됩니다. 기온이 낮고 몬스터들이 전부 얼어붙어 있으므로 깨지지 않게 조심하시기 바랍니다."

블리자드의 위력에 넋을 놓고 있던 헌터들이 정진의 말에 정신을 차렸다.

"조, 조심하라니…… 무엇을 말입니까?"

한 헌터가 얼떨떨한 얼굴로 묻자, 정진이 담담하게 대답했다.

"헌터로서 꼭 해야 할 일이 한 가지 남지 않았습니까."

헌터들은 방벽 앞에서 떼로 몰살당한 몬스터들의 모습을 바라보았다. 몬스터들은 당장이라도 살아 움직일 듯 생생한 모습으로 얼어붙어 있었다.

"채취! 마정석 채취!"

누군가가 퍼뜩 깨달은 듯 소리쳤다.

정진은 고개를 끄덕이며 덧붙였다.

"해체할 때 몬스터가 그대로 부서져 버리지 않도록 주의하세요. 채취한 마정석들은 협회에서 공정하게 배분해 줄 겁니다."

뒤늦게 아직 움직일 수 있는 헌터들이 헐레벌떡 성문 쪽으로 달려 내려가고, 남은 사람들은 부상자들을 옮기고 전장을 정리하기 시작했다.

끝났다.

헌터들은 그제야 전쟁이 끝났음을 실감할 수 있었다. 이 기나긴 전투의 마무리가 너무나 허무하면서도 무서운 모습이었기 때문이다.


"수고하셨습니다."

정진이 헌터 협회 뉴 서울 지부에 마련된 몬스터 웨이브 비상 대책 본부에 들어서자, 가장 먼저 헌터 협회 회장인 이기동이 다가왔다.

비상 대책 본부 안쪽에 있던 다른 간부들은 모두 경악과 두려움이 뒤섞인 눈빛으로 정진을 바라보고 있었다.

방금 전 인간이 만들어냈다고는 믿을 수 없는 광경을 연출한 장본인 치고는 본부로 들어서는 정진의 모습이 너무나 아무렇지도 않았기 때문이다. 지친 기색조차 보이지 않는 정진의 얼굴에 간부들은 할 말을 잃었다.

"아닙니다. 그런데 뉴 대전에선 들어온 소식은 없습니까?"

이기동이 말없이 고개를 저었다.

다른 사람들은 눈치채지 못하고 있었지만, 오랫동안 정진을 봐온 이기동은 지금 정진의 마음이 조금 복잡하다는 것을 알 수 있었다.

비록 뉴 서울에서의 전쟁은 무사히 끝났지만, 정진은 동생들이 가 있는 뉴 대전 쉘터가 마음에 걸렸다.

몬스터 웨이브가 계속되던 지난 3일간, 게이트 너머로부터 가끔씩 뉴 대전 쉘터의 소식을 들을 수 있었다.

뉴 대전 쉘터의 상황은 그리 좋지 않았다.

몬스터 웨이브가 닥친 지 채 하루도 되지 않아 뉴 서울 쉘터로 지원 요청을 해온 것이다.

하지만 이곳의 전황 또한 언제 바뀔지 알 수 없는 노릇이라 함부로 전력을 뺄 수 없었다.

그나마 혹시나 해서 만들어 두었던 익스플로전 구슬이 50개 정도 남아 있어, 그것을 뉴 대전 쉘터 쪽으로 보냈다.

그 후 전투가 지속되는 동안에도 정진은 가끔씩 교대가 있을 때마다 짬을 내어 익스플로전 구슬을 제작했다.

익스플로전 구슬의 원리는 내부에 들어 있는 하급 마정석의 마력을 한순간에 폭발시키는 것이었다.

정진은 아공간 안에 저장해 둔 하급 마정석들을 조금씩 구슬로 제작해 모아두었다가, 일정 수량이 모이면 게이트를 통해 뉴 대전 쉘터로 보냈다.

익스플로전 구슬을 전달하면서 간간이 뉴 대전 쉘터의 상황을 들을 수 있었는데, 전달해 준 사람의 말에 따르면 미숙한 준비로 몬스터들에게 밀리면서 사상자가 다수 발생했다고 한다.

그나마 보내준 익스플로젼 구슬을 이용하여 간신히 전선을 유지하고 있다는 소식이었다.

"아직은 괜찮을 겁니다. 너무 걱정하지 마십시오."

이기동이 조심스럽게 위로하자, 정진이 고개를 끄덕였다.

"뉴 서울 쉘터로 향하는 몬스터 웨이브는 어느 정도 끝난 것 같습니다. 아직 남아 있는 몬스터가 있을 수도 있겠지만, 그 정도는 뉴 서울의 전력으로 충분히 정리가 가능할 겁니다."

"바로 뉴 대전으로 가시려는 겁니까?"

정진이 하려는 말을 이해한 이기동이 먼저 물었다.

"네. 뉴 대전의 전황이 그리 좋지 않은 듯하니, 한 명이라도 희생자를 줄이려면 바로 출발하는 게 좋을 것 같습니다."

그렇게 말한 정진은 곧바로 몸을 돌렸다.

본부를 나오자, 입구 앞에 서 있던 아케인 클랜의 헌터들이 정진 쪽으로 다가왔다.

"무슨 일입니까?"

"클랜장님을 기다리고 있었습니다."

"저를요?"

"뉴 대전 쉘터로 가실 거라고 생각했습니다. 저희도 함께 뉴 대전으로 가고 싶습니다. 뉴 대전 쉘터로 파견된 다른 클랜원들이 걱정되서요."

본부를 나서는 정진을 급히 따라 나오던 이기동이 아케인 클랜원들의 말을 듣고 눈을 크게 떴다.

긴 전투로 헌터들을 모두 탈진 상태였다. 거의 대부분의 헌터들이 캠프가 있는 곳까지 이동하지도 못하고 자리에 주저앉아 쉬고 있었고, 몇몇 움직일 수 있는 헌터들도 성문 밖에서 몬스터들의 사체를 해체하는 데 주력하는 중이었다.

그런데 아케인 클랜원들은 모두 지친 상태에서도 지원을 나가겠다고 하는 것이다.

정진은 클랜원들을 한 명씩 돌아보았다.

"모두 가는 것은 너무 위험합니다. 5급 이하의 클랜원은 뉴 서울에 남아 휴식하도록 합니다. 그 이상의 분들만 저와 함께 게이트를 통해 뉴 대전으로 가는 것으로 하겠습니다."

뉴 대전에 갈 수 있는 4급 이상의 클랜원들은 그리 많지 않았다. 간부급 인사들이 대부분으로, 손에 꼽을 수 있을 정도의 수였다.

그러나 아케인 클랜원들은 언뜻 보기에도 상당히 지쳐 있었다. 지원을 가서 무리하다가 또 다른 희생자가 발생할 수도 있었다.

또한 몬스터 웨이브를 방어하기 위한 전투이니만큼, 여러

명의 헌터들을 데려가는 것보다 실력이 뛰어난 소수의 지원이 더 효과적일 것이다. 이제 와서 병력의 증가는 아무 의미 없었다.

또 정진은 게이트를 통과한 뒤 마법을 사용해 곧바로 대전으로 이동할 생각이었다. 공간 이동 마법을 사용해야 하는 만큼 많은 수를 데려가는 것은 힘들고 위험했다.

쉘터에 남게 된 클랜원들은 아쉬운 얼굴로도 고개를 끄덕였다.

"알겠습니다."

이런 아케인 클랜의 모습을 지켜보던 이기동은 속으로 감탄했다.

뉴 대전으로 당장 갈 것만 같던 아케인 클랜원들이 정진의 한마디에 바로 수긍한 것이다.

이기동은 개인의 능력만이 아니라 클랜원들을 이끄는 클랜장으로서의 카리스마 또한 뛰어난 정진의 모습에 놀라워했다.

구 대전역 만남의 광장.

대전 게이트는 신림동 게이트 이후 나타난 대한민국의 두 번째 게이트였다. 게이트로부터 세 차례에 걸친 몬스터 웨이브가 터지면서, 대한민국 교통의 허브 역할을 하던 대전역은 완전히 마비되었다.

몬스터 웨이브로 복구 불가능한 피해를 입은 대전역 주변은 예전의 모습을 상상하기 힘든 황량한 모습이었다. 물론 더 큰 피해가 있었던 신림동 게이트 보다는 나은 모습이었지만, 4차 몬스터 웨이브 경보가 떨어진 지금 구 대전역 앞은 개미 새끼 한 마리 보이지 않는 모습이었다.

그때, 광장 한가운데에 위에서부터 쏟아지는 듯한 빛줄기가 여러 개 나타났다. 빛이 줄어든 곳에는 수 명의 사람들이 나타나 있었다.

"우욱!"

바로 뉴 대전 쉘터를 지원하기 위해 이동한 정진과 아케인 클랜의 헌터들이었다.

정진을 제외한 클랜원들은 모두 창백한 얼굴을 하고 있었고, 몇 명은 손으로 입을 막으며 앞쪽으로 고꾸라졌다.

정진은 신림동에서부터 구 대전역까지 이동하면서, 기존에 혼자서 이동할 시에 사용하던 워프 게이트 마법이 아닌 텔레포트 마법을 사용했다.

원래는 조금 시간이 걸리지만 안전하고 사용 시 안정적인 워프 게이트 마법을 주로 이용하곤 했다.

하지만 8클래스에 오른 지금은 보다 정교한 마나 컨트롤을 할 수 있게 되었다. 텔레포트 마법을 이용할 때의 마나 변화를 곧바로 느끼고 혹시 모를 상황에 대처할 수 있었다.

정진은 한시라도 빨리 뉴 대전으로 이동하기 위해 텔레포트 마법을 사용했다.

워프 게이트 마법을 사용하기 위해서는 마법진을 그릴 시간도 필요하다.

거기다 필연적으로 마법진을 그리는 데 쓰이는 마나 전도율이 높은 마법 물질과 마정석도 소비된다는 것도 정진이 굳이 텔레포트를 사용한 이유 중 하나였다.

텔레포트 마법은 마법진을 활용하는 워프 게이트 마법과는 달리, 시전 전은 물론이고 마법이 발동되는 동안에도 복잡하고 어려운 마나 컨트롤이 필요했다.

다만 텔레포트는 안정적인 워프 게이트와는 달리 많은 수의 사람들이 한꺼번에 이동할수록 큰 파장을 일으키게 된다.

정진과 달리 공간 이동 마법을 처음 겪는 클랜원들은 텔레포트 마법이 일으키는 파장에 적응하지 못하고 멀미를 하게 된 것이다.

"게이트로 이동합니다."

정진은 핼쑥해진 클랜원들을 이끌고 게이트가 있는 쪽으

로 걸어가기 시작했다.

만남의 광장 오른쪽에 있는 화장실 인근에 있는 게이트는 텔레포트한 장소로부터 고작 몇 미터밖에 떨어져 있지 않았다.

몇 걸음 채 걷지도 않아서 텔레포트 부작용으로 비틀거리는 클랜원들은 정진의 뒤를 따라 게이트 속으로 진입해야만 했다.


물처럼 흐르는 빛줄기로 가득한 게이트를 통과한 정진과 아케인 클랜원들은 소스라치게 놀라며 앞쪽으로 뛰어갔다.

콰앙! 쾅!

"막아, 막으라고!"

퍼억!

무언가 부서지는 듯한 소리와 병장기들이 부딪히는 소리, 사람들의 고함 소리로 게이트 너머는 아수라장이었다.

이미 몬스터 웨이브가 다 정리된 뉴 서울과는 다르게, 뉴 대전 쉘터에서는 아직도 몬스터와 긴 전투를 벌이고 있었다.

그리고 전투는 너무나 치열하고 처절해 보였다.

뉴 대전을 둘러싸고 있던 방벽은 이미 그 기능을 잃고 반쯤 허물어져 있었고, 그 너머로 몬스터들의 머리가 간간이 보였다.

유독 큰 소음이 발생하고 있는 한쪽에서는 아머드 기어들이 무너진 방벽을 넘어오는 몬스터들을 상대로 전투를 하고 있었다.

원래대로라면 쉘터 밖에서 전투를 벌여야 할 아머드 기어들이 방벽을 대신해 필사적으로 몬스터들을 밀어내고 있었다.

원거리 무기를 가진 헌터들은 쉘터 내 건물 옥상에 올라 아머드 기어 너머로 몬스터들을 공격하는 중이었다. 방벽이 무너져 공격을 할 수가 없었던 것이다.

"더 이상 물러날 곳은 없다! 무조건 막아! 부서질 각오로 막으라고!"

몬스터의 접근을 막아내고 있는 아머드 기어 뒤쪽에서 헌터들이 사이사이로 무기를 질러 넣는 모습은 위험천만해 보였다.

아머드 기어들은 어떻게든 서로 간의 간격을 줄이며 몬스터를 압박하려고 했다.

하지만 전투에 참여한 지 벌써 열 시간도 넘은 상황, 아머드 기어에 타고 있는 아머드 기어 드라이버들은 콕핏 안쪽에서 파김치가 되어 있었다.

수시로 진영을 변경하고, 대기와 전투를 번갈아 가며 최대한 휴식을 취하였지만 그것도 이미 한계였다.

아머드 기어 드라이버는 한 시간 이상 아머드 기어를 기동하면 한 시간 이상 휴식을 취하는 것이 원칙이었다.

이 한 시간이란 휴식 시간은 그저 아머드 기어 드라이버에게만 해당하는 것이 아니라 아머드 기어에도 적용된다. 아머드 기어는 기계다. 과열된 기체를 점검하고, 고장 나거나 소모된 부품들을 교체하는 시간이 반드시 필요했다.

초반에는 어떻게든 부대를 나누어 교대해 가면서 휴식을 가졌고 기체도 식힐 수 있었다.

그러나 끝없이 밀려오는 몬스터들에 의해 방벽이 무너진 부분이 점점 커졌고, 원거리에서 몬스터들을 요격하던 헌터들도 지쳐 갔다.

결국 몬스터 웨이브가 밀려온 지 이틀째부터는 휴식을 전혀 취할 수 없었다.

인간들끼리의 전쟁이라면 적도 휴식을 취하거나 정비를 해야 하는 시간이 있겠지만, 지금 헌터들과 전투를 벌이고 있는 것은 몬스터였다.

지성도 없고 그저 막무가내로 무식하게 밀고 들어오는, 앞을 막는 것이라면 무조건 공격하는 그런 존재다. 무엇보다 인간과는 차원이 다른 체력과 근력을 가지고 있다.

자거나 뭔가 먹지도 못한 것은 물론, 얼마 전부터는 부상을 입어도 치료받지도 못했고, 한숨 돌릴 시간도 없었다. 아머드 기어 드라이버들은 뜨거운 찜통 같은 기체 내에서 쉬지 않고 움직여야 했다.

뉴 대전의 급박한 상황을 본 정진은 급히 스펠을 외웠다.

"벽이 되어 내 앞의 적을 막아라, 록 월(Rock Wall)!"

무너져 내린 방벽 앞에 흩어져 있던 돌들이 허공으로 떠올랐다. 떠오른 돌은 저들끼리 들러붙으며 무너진 방벽을 다시 만들어냈다.

쉘터 내 건물 위에서 몬스터를 공격하고 있던 헌터들이 입을 벌리고 그 광경을 지켜보았다.

"뭐하고 있습니까! 아직 끝나지 않았습니다! 복구된 방벽 위로 올라가서 전투를 재개합니다! 빨리 움직이세요!"

잠시 공황상태에 빠져 있던 헌터들은 급히 지붕 위에서 내려와 방벽 위로 올라갔다. 일부는 방벽 앞에 있던 아머드 기어를 발판 삼아 뛰어오르기도 했다. 일반인보다 훨씬 월등한 신체 능력을 보유한 헌터들이기에 가능한 일이었다.

다시 솟아난 방벽은 무너진 방벽보다 더 튼튼하고 높기까지 했다.

쉘터 내부를 다시 몬스터들에게서 차단하자, 내부에 넘어와 있던 몬스터들이 집중 공격받으며 빠르게 정리되기 시작했다.

방벽 앞에는 오거와 같은 중(重)형 몬스터들이 꽤 모여 있었다. 그래도 몬스터 웨이브가 거의 끝나갈 무렵인 것이다.

몬스터들은 다시 생겨난 방벽을 계속해서 후려치고, 방벽에 힘껏 몸을 부딪쳐 왔다.

콰앙! 콰앙!

특히 들소와 비슷한 생김새지만 훨씬 거대한 덩치와 뿔을 가지고 있는 다이슨 무리가 방벽을 마구 들이받고 있었다.

일단은 방벽 가까이에 붙어 있는 몬스터들을 처리하지 않으면 몬스터들을 처리하기가 어려웠다. 아무리 마법으로 방벽을 다시 복구했다고 하더라도 다시 무너질 뿐이다.

그렇게 판단한 정진이 다시 스펠을 외웠다.

방벽 아래쪽으로 향한 정진의 완드 주변에 섬뜩할 정도로 차가운 기운이 맺혔다.

"뒤로 물러서세요!"

스펠이 끝나자, 정진은 주변에 있던 헌터들에게 경고했다. 막 방벽 위로 올라서던 헌터들이 정진의 말을 듣고 제자리에 멈춰 섰다.

정진이 완드 주변에 맺힌 기운을 몬스터들 사이로 던져 넣듯 흩뿌렸다.

"프로스트 노바(Frost Nova)."

동시에 정진의 입에서 시동어가 떨어지자, 새하얗게 맺힌 프로스트 노바의 기운이 방벽 아래쪽으로 서리처럼 내려앉기 시작했다.

그리고 내려앉던 기운이 첫 몬스터의 머리가 닿은 순간.

콰아아앙!

쩌저적!

폭발음과 함께 터져 나간 프로스트 노바는 순식간에 세력을 넓혀가기 시작했다.

대기가 순식간에 얼어붙는 소리가 사방에 울려 퍼졌다. 마법의 범위 안에 들어간 몬스터들의 비명은 들리지 않았다. 비명을 채 지르기도 전에 얼어버린 탓이다.

반경 100m 안에 있는 모든 것이 딱딱하게 얼어붙었다.

7서클 얼음 마법인 프로스트 노바의 위력이었다. 대지를 뒤덮은 서리는 그조차도 부족하다는 듯 방벽을 얼리며 헌터들이 서 있는 곳까지 올라오기 시작했다.

방벽 위에서 최대한 멀찍이 떨어지도록 완드를 휘둘렀으니 직접 마법의 범위에 들어가지는 않았다. 하지만 주변을 얼어붙게 만드는 서리의 특성상 옆에 있던 방벽에까지 영향을 주게 된 것이다.

"헉!"

성에가 방벽 위까지 밀려들자 헌터들은 흠칫거리며 급히

뒤로 물러섰다.

"타오르는 불의 벽, 파이어 월(Fire Wall)."

정진은 얼른 방벽을 타고 오르는 서리를 막기 위해 프로스트 노바와 반대 속성인 파이어 월 마법을 시전했다.

비록 파이어 월이 4클래스 마법이라고는 하지만, 프로스트 노바와는 달리 지속형 마법이기 때문에 마력을 주입하는 정진의 뜻에 따라 위력을 조절할 수 있었다.

물론 방벽이 있는 곳이 프로스트 노바의 범위 안에 들어갔다고 하면, 이미 마법이 발동한 현재 파이어 월 마법으로 막기는 힘들었을 것이다.

순식간에 방벽을 꽁꽁 얼려 버리는 서리에 두려움에 떨던 헌터들은 눈앞에 활활 타오르는 장벽이 생겨나자 더욱 놀라 뒤로 물러났다.

치이이익—

파이어 월 너머에서 끊임없이 물이 타오르는 소음이 발생했고, 불의 벽은 점점 그 기세를 잃고 줄어들었다.

방벽 위에 있던 헌터들은 파이어 월이 잦아지는 것을 초조하게 바라보며 불안에 떨었다.

파이어 월은 1m 정도의 높이에서 더 이상 줄어들지 않고 유지되었다. 파이어 월의 높이가 낮아지면서 보이지 않던 방벽 아래의 모습이 보이기 시작했다.

"와!"

"몬스터가 얼어붙었다!"

방벽 가까이에 있던 몬스터들이 모두 얼어붙어 있는 모습을 확인한 헌터들이 환호성을 지르며 소리쳤다.

방벽 위 헌터들의 소리를 들은 쉘터 안쪽에 있던 다른 헌터들도 호응하듯 환호했다.

바로 아까까지만 해도 패색이 짙던 뉴 대전 쉘터의 상황이 한순간에 바뀌어 버렸다. 정진이 전황을 바꾸어 버린 것은 그야말로 잠깐 동안이었다.

그 모든 것을 이룬 장본인인 정진은 사람들의 환호에도 별다른 반응이 없었다. 방벽 위에서 몬스터들의 동향을 살피다 크게 소리쳤을 뿐이었다.

"원거리 공격이 가능한 분들은 방벽 위로 올라오세요! 아머드 기어 드라이버들은 지시가 있기 전까지 최대한 휴식을 취하세요!"

다급한 전장의 상황 때문에 지휘권을 받지도 못했고, 총지휘권자를 만나는 것조차 못했지만 누군가 확실하게 헌터들에게 지시를 내려야만 할 상황이었다.

명령을 받은 헌터들 또한 정진의 지시에도 군말 없이 따랐다.

혼란스러운 지금 상황에서는 강력한 카리스마를 가진 누

군가가 나서서 지휘해야 한다는 것에 동의한 것이다.

뉴 대전 쉘터에 도착하자마자 정진이 보여준 능력이 너무 대단했기 때문이기도 했다. 불만이 있다고 해도 함부로 표할 상황도 아니었다.

"방벽 위에 올라오신 분들도 그 자리에서 일단 쉬고 계세요. 부상을 입으신 분들은 뒤쪽으로 빠지셔서 치료를 받으시구요."

방벽이나 건물 옥상에서 비교적 편하게 전투를 했다고는 하지만 계속해서 제대로 휴식하지도 못한 채 싸우고 있던 헌터들은 모두 제자리에 무너지듯이 주저앉았다.

정진은 차분히 아직 전투를 할 수 있을 것으로 보이는 헌터들과 아닌 헌터들을 구분하기 시작했다.

"클랜장님, 정말 대단하십니다."

그제서야 계단 위로 올라온 아케인 클랜원들이 정진의 곁으로 다가와 그를 도와 헌터들을 구분하고, 부상자들을 옮겼다.

게이트를 통과하자마자 속이 울렁거리는 상태에서도 급히 정진을 따라 달렸지만, 말 그대로 등에 날개를 단 듯 달려가는 정진을 전혀 따라잡을 수 없었다.

결국 뒤에 남겨진 아케인 클랜원들은 안쪽에 고립된 몬스터들을 정리하는 일을 돕고, 방벽 쪽의 상황이 정리되고 나서야 정진 근처로 올 수 있었다.

아케인 클랜원들은 그동안 클랜장인 정진의 곁에 있었기 때문에 그가 엄청난 능력을 가지고 있다는 건 알고 있었다.

하지만 마법사인 정진이 육체 능력에서 자신들을 능가할 줄은 상상도 하지 못했다. 순간이지만 초인이라 불리는 4급 헌터인 자신들이 정진이 달리는 속도를 전혀 따라잡지 못한 것이다.

✝     ✝     ✝

프로스트 노바를 쓴 이후 몬스터들은 쉽게 방벽 쪽으로 접근하지 못하고 있었다.

뜻하지 않게 전투가 소강상태가 되자, 정진은 방벽 위에서 몬스터들의 모습을 계속 지켜보았다.

뉴 서울 쉘터에서의 전투가 끝난 이후로 곧바로 대전으로 이동한 덕분에 조금도 쉬지 못했는데, 뜻하지 않게 방벽 위에서 휴식을 취하고 있었다.

"여긴 어쩐 일이냐, 뉴 서울은 어떻게 하고?"

그때, 언제 왔는지 이정진이 정진에게 다가와 물었다.

'지치긴 지쳤구나.'

정진은 속으로 생각했다.

육체적으로는 솔직히 그다지 피곤함을 느끼지 못하고 있었지만, 몬스터 웨이브가 지속되는 동안 뉴 서울에서도 거의 쉬지 않고 전투를 하면서도 뉴 대전의 상황을 신경 쓰고 있었으니 정신적인 피로가 누적되어 있는 모양이었다. 이정진이 접근하는 것도 눈치채지 못하고 있던 것을 보면 상당히 긴장을 놓고 있던 듯했다.

"어디 계셨어요? 오신 줄도 모르고 있었네요. 죄송해요."

정진이 이정진의 얼굴을 보자마자 곧바로 사과부터 했다.

뭐라고 해도 뉴 대전에 아케인 클랜의 대표로 파견된 것은 부클랜장인 이정진이었다. 아무리 자신이 클랜장이라고 하지만, 지원 인력으로 대전에 온 만큼 이정진을 먼저 찾아 이야기해야 했다.

급박한 상황이었으니 전투 중에는 어쩔 수 없었다고 해도, 소강상태가 되었는데도 이정진을 찾지 않고 넋 놓고 있었다는 것은 결례라고 생각한 것이다.

이정진은 어쩔 수 없다는 표정을 지으면서도 그만하라는 듯 손사래를 쳤다.

"뭘 그렇게 딱딱하게 그래. 됐어."

"그래도 형님이 이곳에선 아케인 클랜의 대표 아닙니까?"

정진도 미소를 지으며 대답했다.

"그래, 알았다. 그보다 뉴 서울은 어떻게 된 거냐?"

따져봐야 꼬리 물기처럼 계속 될 것이라는 것을 아는 이정진이 대충 대답하며 물었다.

"뉴 서울은 몬스터 웨이브가 끝났습니다."

"벌써 끝났구나. 그럼 괜찮았던 거지? 다행이다."

이정진은 정진의 말에 고개를 끄덕였다.

하지만 두 사람의 주변에 앉아 휴식을 취하고 있던 헌터들은 깜짝 놀라 눈을 동그랗게 떴다.

이정진이 보이는 태도를 보고 방금 전 엄청난 능력을 보인 사람이 그 유명한 아케인의 클랜장이라는 사실을 알고 내심 놀라고 있었는데, 정진이 이곳으로 오기 전 뉴 서울에 있었고 그곳의 몬스터 웨이브는 이미 끝났다는 이야기를 듣자 놀라움을 감추지 못한 것이다.

뉴 대전은 지금은 소강상태라고는 하지만 아직도 방벽 너머에 몬스터들이 엄청나게 모여 있는데, 뉴 서울 쪽은 이미 몬스터들을 모두 정리한 것이다. 몇 명이지만 지원 인력을 보내줄 수 있을 정도라면 이곳 뉴 대전 쪽보다는 좋은 상황이었음을 어렵지 않게 알 수 있었다.

"뉴 서울은 어때? 우리 클랜원들은?"

완전히 마음을 놓지 못한 이정진이 묻자, 정진이 선선히 대답했다.

"일부 부상을 당한 사람은 있지만 큰 피해는 없었습니다. 물론 뉴 서울의 방벽 일부가 부서지긴 했지만 이곳에 비하면 부서졌다고 할 수도 없습니다."

이정진을 안심시킨 정진이 몬스터들이 얼어붙어 있는 방벽 앞쪽을 살펴보다 문득 물었다.

"그런데 여긴 어떻게 된 겁니까? 방벽 앞에 함정이나 몬스터의 접근을 막기 위한 장애물도 하나 없고… 다 파괴된 겁니까?"

이정진은 그저 한숨을 쉴 뿐이었다.

"휴……. 뭐 빤한 거 아니겠냐."

별다른 말은 아니었지만, 많은 의미가 함축되어 있는 한숨이었다.

정진의 눈빛이 차갑게 빛났다.

"알력입니까?"

"그래. 많이 개선되었다고 생각했는데, 여기는 아직도 제자리다."

이정진이 말도 말라는 듯 고개를 저으며 말했다.

아케인 클랜이 주로 활동하고 있는 뉴 서울 쪽에서는 더 이상 아케인 클랜을 견제하는 세력은 존재하지 않았다.

3대 클랜으로 부상해 헌터 협회와 손을 잡고 세력을 불려 나가는 아케인 클랜의 심기를 거스르려는 세력이 있을 리도 없었지만, 대외적인 아케인 클랜의 이미지는 아주 좋은 편이었다.

의뢰 성공률이 100%에 가까울 뿐 아니라, 아케인 클랜의 헌터들은 가지고 있는 실력이 뛰어난데도 불구하고 거만하거나 남들을 깔보지 않았다.

어려움에 처한 헌터들이나 도움을 필요로 하는 사람들이 있으면 순수하게 도움을 주었다.

실제로 헌팅이 이루어지는 뉴 어스는 무법 지대나 다름없었다.

헌팅 중 위험에 처한 파티가 전멸당하면, 그들이 사냥하던 몬스터나 입고 있던 장비들은 모두 속된 말로 '주운 사람이 임자'였다.

그러니 위험한 상황이어도 도와주지 않고 죽도록 방치하거나, 도와주는 척하면서 몬스터 쪽으로 몰아넣는 헌터들이 많았다.

아예 몬스터의 짓인 것으로 꾸며 헌팅 팀을 공격하는 헌터들도 적지 않았다. 바로 다크 헌터들이었다. 실제로 팀 아케인 시절, 정진도 공격받은 적이 있지 않았던가.

워낙에 그런 일이 비일비재하다 보니, 당연히 순수하게 도움을 주고 매너 있게 행동하는 아케인 클랜원들이 칭송받을 수밖에 없었다.

몬스터로부터 나오는 마정석과 각종 부산물들은 게이트 사태 이후 한 번 정지되었던 지구의 산업을 움직이는 동력원이나 마찬가지다. 그리고 몬스터들을 사냥하여 그것들을 습득할 수 있는 것은 바로 헌터들이었다.

뉴 어스에서 위험을 무릅쓰고 탐사를 해 던전을 발굴해 내는 것 또한 헌터들이 있는 덕분이다.

당장 들이닥친 몬스터 웨이브에 민간인들이 희생되지 않도록 게이트를 지킬 수 있는 것도 헌터들이 있기 때문이 아닌가.

당연히 헌터들은 국가 차원에서 보호해야 할 귀중한 인재들이었다.

정진은 무엇이 중요한지도 판단하지 못하는 몇몇 사람들 때문에 몬스터 웨이브라는 재난 앞에 헌터들이 희생되었다는 것이 너무나 어이가 없었다.

미리 준비했다면 뉴 서울과 같이 큰 희생을 입지 않고 방어해 낼 수 있었을 것을, 몇몇 헌터 협회 간부들과 거대 클랜 대표들의 안일한 생각으로 수많은 헌터들이 덧없이 죽음을 맞이한 것이다.

무능한 지휘관은 적보다 무섭다.

뉴 대전의 비상 대책 본부에 모인 각 클랜 대표들은 너무도 무능했다.

몬스터 웨이브 앞에서 방심하고, 아케인 클랜에 대한 시기에 눈이 멀어 적을 제대로 파악하려고도 하지 않았다.

그리고 일선에서 싸워야 했던 엉뚱한 이들이 가장 큰 피해를 봐야만 했다.

보지 않아도 될 피해를 입고, 입지 않아도 될 손해를 입었다.

살 수 있었던 이들이 죽었다.

"누가 그런 것입니까?"

정진이 표정을 굳히며 단도직입적으로 물었다.

이정진이 긴장한 표정으로 정진을 바라보았다.

이정진은 이전에도 정진이 이런 표정을 짓는 것을 본 적이 있었다.

첫 번째는 노태 클랜의 노인태가 자신들을 죽이기 위해 다크 헌터를 동원했을 때였다. 그리고 두 번째는 전 헌터 협회 회장이던 전기수와 갈라설 때였다.

정진은 평소 온화하고 배려심이 깊은 만큼, 한 번 화가 날 때는 지독하게 냉정해지는 구석이 있었다.

"누군가 책임을 져야 할 일입니다. 전장에서 자리, 이름이라는 것은 어깨에 다른 목숨들을 짊어지는 것입니다. 그 사람들은 여기 있는 헌터들의 목숨을 내버린 겁니다."

정진은 분노로 이를 부득 갈았다.

"이번 일이 끝나면 정부와 협회에 말해 철저히 책임을 가릴 것입니다."

정진의 말이 끝나기 무섭게, 주변에서 거친 말소리가 들려왔다.

"옳소!"

"맞아! 제대로만 준비했다면 이렇게까지 밀리진 않았겠지! 저들끼리 싸우느라고 아주……."

"나도 몬스터가 몰려오는데 어떻게 함정 하나 안 만들고 이곳까지 몰려올 동안 가만히 지켜보고 있는 건가 생각했지. 대체 이해할 수가 없어."

방벽 위에서 휴식을 취하던 헌터들이 정진과 이정진의 대화를 듣고 분노를 성토하기 시작한 것이다.


한편 게이트를 통해 갑작스럽게 나타난 정진이 무너진 방벽을 다시 세우고, 방벽 너머에 있는 몬스터들을 얼려 버리며 전황을 완전히 바꾸어 버리는 것을 가만히 지켜보던 이들이 있었다.

"방금 무슨 일이 벌어진 것입니까?"

방금 전까지만 해도 뚫린 방벽 사이로 밀려드는 몬스터들을 간신히 상대하고 있던 참이다.

어리둥절한 이들이 전망대의 창문에 바짝 붙어 서성이며 방벽 쪽을 쳐다보았다.

그들은 몬스터가 방벽을 무너뜨리고 쉘터 안으로 침입하는 순간에도 비교적 안전한 뉴 대전의 센트럴 타워에 위치한 헌터 협회 뉴 대전 지부의 전망대에서 상황을 보고만 있었다.

이들의 정체는 바로 헌터 협회 뉴 대전 지부장과 간부들, 그리고 뉴 대전 쉘터 방어에 참여한 중대형 헌터 클랜의 대표들이었다.

일부 일반인들도 포함된 헌터 협회 사람들이야 그렇다 치더라도, 몬스터들과 치열하게 싸우며 죽어가는 헌터들이 있는 마당에 각 클랜의 대표들까지 안전지대에서 지켜보고 있었다는 것은 충분히 문제가 있어 보였다.

각 클랜의 대표답게 높은 등급을 가지고 있는 그들이 이 전투에 나섰다면 헌터들이 이렇게까지 수세에 몰리지는 않았을지도 모른다.

그런데 이들은 일부러 전투에 참여하지 않았고, 심지어 자기 클랜의 헌터들에게 적극적으로 몬스터를 막지 말라는 말까지 했다.

서로 짜고서 일부러 뉴 대전 쉘터의 상황을 어렵게 만든 것이다.

몬스터 웨이브를 얕보고 완전히 방심한 이들은 아무 문제 없이 간단히 방어해 낼 수 있을 거라고 생각했다.

그들은 너무 쉽게 막아내면 일부러 뉴 대전을 지키고 있는 의미가 없다고 생각했다. 때문에 일부러 적당히 피해를 입기로 계획했다.

그렇게 해서 사태가 끝나고 난 뒤 사람들이 뉴 대전의 헌터들을 우러러보게 만들어, 공적을 만들려는 속셈이 있었던 것이다.

클랜 대표들의 지시를 받은 소속 헌터들로부터 소란이 일기도 했지만, 그들조차 이들의 뜻에 동조하였다.

그런데 일은 생각대로 되지 않았다. 이들의 예상을 완전히 뒤엎는 몬스터 웨이브의 위력에 방벽이 무너지고, 많은 헌터들이 무고하게 희생되었다.

사실 처음부터 이렇게까지 하려고 한 것은 아니었다.

그런데 어느 정도 전투가 진행되고 처음 계획보다 희생이 너무 커지는 것 같자, 오히려 전투가 끝난 뒤 자신들의 계획을 고발하고 불만을 토로할 헌터들의 숫자를 줄여야 한다고 생각한 것이다.

물론 그 자리에 있는 당사자들 대부분은 그 사실에 죄책감을 느끼지 않았고, 문제를 자각하지조차 못했다.

그들은 철저히 이 사실을 비밀에 붙였지만, 이미 그들이 있는 센트럴 타워 쪽을 노려보는 눈길이 있었다.

바로 정진이었다.

분노로 타오르는 듯한 정진의 눈을 바라보던 이정진이 한숨을 내쉬었다.

# Chapter 5
몬스터 웨이브를 막아내다

크아아악!

마침내 마지막 몬스터가 거꾸러지고, 뉴 대전 쉘터에서 벌어진 나흘간의 치열한 싸움이 끝났다.

몬스터의 목을 벤 이정진이 숨을 몰아쉬며 뒤로 물러섰다.

하루 먼저 몬스터 웨이브를 끝내고 뉴 서울로부터 지원을 온 정진과 아케인 클랜원들에 의해 뒤바뀐 판도는 그대로 유지되어, 하루의 시간이 더 흘러 결국은 대전 게이트와 뉴 대전 쉘터를 지켜낼 수 있었던 것이다.

"끝났다."

"만세! 살았다!"

방벽에 붙어 있던 헌터들이 살아남았다는 기쁨에 일제히 환호성을 질러 댔다. 동시에 지쳐 제자리에 털썩 주저앉았다.

그 모습을 지켜보던 정진은 조용히 방벽 위를 내려갔다. 그가 향한 곳은 뉴 대전 센트럴 타워, 비상 대책 본부였다.

비상 대책 본부 내부는 환호로 가득한 바깥과는 달리 아주 조용했다. 정진은 불편한 심기를 애써 감추며 문을 두드렸다.

안으로 들어선 정진의 눈에 자리에 앉아 있는 각 클랜 대표들과 뉴 대전 지부 헌터 협회 간부들의 모습이 들어왔다.

정진은 그 아무렇지도 않은 모습에 애써 참고 있던 화가 다시 치밀어 오르는 것을 느끼며 이를 악물었다.

"언제부터 이곳에 모여 있던 겁니까?"

정진은 클랜 대표들을 보며 물었다.

"그쪽은 누구길래 그런 걸 물어보는 건가? 우리가 모여 있건 말건 뭔 상관인가. 여긴 아무나 함부로 들어와도 되는 곳이 아닐세."

클랜 대표들 중 한 명이 신경질적으로 내뱉었다.

그러자 싸한 분위기가 정진의 주변에 깔렸다. 간부들을 똑바로 바라보고 있는 정진의 눈은 지독하게 차가웠다.

헌터 프론티어

"다른 헌터들이 몬스터 웨이브에서 이곳을 지키기 위해 죽어가고 있을 때, 여기서 뭘 하고 있었냐는 거다."

비상 대책 본부에 있던 사람들 중 정진과 나이가 비슷한 사람은 한 명도 없었다.

가장 젊은 사람이 40대 초반일 정도로 정진과 큰 차이가 있었다.

평소 정진은 누구에게나 깍듯하게 예의를 지키는 성격이었다. 특히 나이가 많은 사람에게는 직위 고하를 막론하고 꼭 존댓말을 쓰는 편이었다.

하지만 지금 정진은 간부들에게 예의를 지킬 생각 따위는 눈곱만큼도 없었다.

"뭐, 뭐? 이런 싸가지 없는 놈이 있나! 너 몇 살이야!"

처음 정진에게 퉁명스럽게 말하던 클랜 대표 하나가 벌떡 일어서며 윽박질렀다.

그러나 정진의 얼굴을 보고는 주춤 물러서고 말았다.

서릿발이 내린 듯한 정진의 눈동자는 차가운 분노로 불타고 있었다.

그러나 그는 이내 주변에 다른 클랜 대표들이 있다는 것을 깨닫고 다시 버럭 외쳤다.

"새파랗게 어린놈이 어디서 큰소리야!"

하지만 정진은 그에게 눈길도 주지 않고, 비상 대책 본부의 상석에 앉아 있던 뉴 대전 헌터 협회 지부장을 노려보았다.

"차지철 이사님."

하나같이 정진을 쳐다보고 있던 간부들은 정진의 목소리에 소름이 돋는 것을 느꼈다.

정진의 목소리에는 억양의 변화가 전혀 없었다.

차지철은 정진이 누구인지 이미 알고 있었다.

5년 전, 헌터 협회 조사관으로 일하던 그는 정진이 뉴 어스에서 낙오했다 돌아왔을 때, 복귀 과정을 듣기 위해 정진을 조사한 적이 있었던 것이다.

"못 들으셨다면 다시 한 번 묻죠. 언제부터 이곳에 있었습니까?"

비록 방금 전처럼 반말은 아니었지만, 자리에 앉아 있던 이들은 하나같이 정진의 싸늘한 기세에 꼼짝 못하고 있었다.

"그것이⋯⋯."

"넌 뭐하는 놈인데 소란을 피우는 거냐? 여기가 무슨 자리인 줄 알아?"

차지철이 어렵게 대답하려던 그때, 차지철의 옆에 앉아 있던 박유천이 정진을 손가락질하며 외쳤다.

그는 바로 아케인 클랜이 성장하기 전까지 엠페러와 백화 클랜과 함께 3대 클랜이라 불리던 나이트 클랜의 클랜장이었다.

"나는 아케인 클랜의 클랜장인 정정진이다."

"뭐? 네가 아케인 클랜의 클랜장?"

박유천은 흠칫 놀랐다.

아케인 클랜의 클랜장이 젊다는 말은 들었지만, 정진의 나이는 이제 겨우 20대 초반처럼 보였던 것이다.

박유천은 그동안 단기간에 성장한 아케인 클랜을 보며 수완이 좋은 사업가나 대기업 오너 일가 중 한 명이 클랜을 운영하고 있거나, 그로부터 뒷배를 받고 있는 누군가일 거라고 생각하고 있었다.

박유천이 정진에 대해 오해하고 있는 데는 이유가 있었다.

전 헌터 협회장이던 전기수는 정진과 갈라섰을 때, 은밀하게 나이트 클랜과 거래를 해왔다.

당시 전기수로부터 아케인 클랜과 정진에 대한 정보를 어느 정도 넘겨받은 박유천은 정진의 능력에 대해 어느 정도 알고 있었다.

때문에 그렇게 대단한 능력을 가지고 있는 정진이 이렇게 젊을 거라고는 전혀 생각하지 못한 것이었다.

그에게 채 정진에 대한 정보를 다 알려주지도 못하고 전기수가 자리에서 쫓겨나, 수감자 신세가 되었기 때문이다.

박유천은 이 상황을 어떻게 받아들이고 이용해야 할지 고민하며 머리를 굴리기 시작했다.

박유천이 미묘한 태도를 보이는 것을 목격한 다른 클랜 대표들도 서로 눈치를 보며 상황을 파악하기 시작했다.

처음 몬스터 웨이브가 시작되었을 때, 계획한 대로 헌터들 쪽의 상황이 조금 어려워지는 듯하자 이들은 내심 회심의 미소를 지으며 좋아했다.

방벽이 무너지고 헌터들을 내버리기로 결심했을 때도 그 생각은 별 변화가 없었다.

하지만 이제 상황이 바뀌었다.

무너진 방벽은 복구되었고, 그들의 부정을 전부 목격한 소형 클랜들과 일반 헌터들이 상당수 살아남은 것이다.

이들은 몬스터 웨이브가 닥치기 전 저들끼리 합의한 계획이 수포로 돌아간 것에 대한 대책을 세우기 위해 모여 있던 것이었다.

그런데 다른 일반 헌터들과는 달리 직위나 힘으로 찍어 누르는 것이 불가능한, 3대 클랜 중 한 곳인 아케인 클랜의 클랜장이 난입해 온 것이다.

그것도 하필이면 골치를 썩고 있던 문제를 들이밀며 따지고 드는 통에 섣불리 무슨 말을 꺼낼 수가 없었다.

"정정진 클랜장, 진정하세요. 이분들은 몬스터 웨이브에 어떻게 대응할 것인지 논의를 하기 위해 내가 이곳으로 부른 겁니다."

차지철은 어떻게든 이 상황을 무마하기 위해 변명했다.

그러나 그가 꺼낸 말은 이 자리에 있던 사람들 모두가 오늘 몬스터와 전투를 단 한 차례도 하지 않고 이곳에 모여 있었다는 것을 까발리는 것밖에 되지 않았다.

"어떻게 대응할 것인지 논의한다구요?"

정진은 어처구니가 없어 반문했다.

그 말은 몬스터 웨이브가 오기 전부터 지금까지 이곳에 있었다는 말이 아닌가.

정진은 방금 자신이 들은 것이 정확하게 들은 것인지 믿을 수가 없었다.

헌터 협회 간부란 자가 지금 상태를 파악도 하지 못하고 있는 모습에 기가 찰 뿐이었다.

"그렇소. 우린 앞으로의 대책을 세우기 위해 이 자리에 모인 것이오."

차지철이 한마디 꺼내자마자 각 클랜의 대표들도 입을 모아 변명하기 시작했다.

그렇지만 몬스터 웨이브가 시작이 되고 단 한 차례도 몬스터와 전투를 벌인 적이 없는 이들은 방금 전 몬스터 웨이브로 이곳에 몰려온 몬스터들이 모두 죽었다는 것을 알지 못했다.

그래서 그저 정진이 등장한 이후 상황이 반전되었다는 정도로만 생각하고 있었다.

정진은 자리에 있는 협회 간부들과 클랜 대표들의 모습을 살폈다.

그들의 모습은 지난 나흘간 처절한 전투가 있던 것을 감안했을 때, 손가락 하나 거들지 않았다는 게 확연히 눈에 보일 만큼 멀쩡한 상태였다.

"지금 장난하나?"

정진은 차지철이 앉아 있는 테이블까지 성큼성큼 걸어와 테이블을 쾅 내려쳤다.

"저 밖에 있는 헌터들은 헌터로서의 의무를 다하기 위해, 게이트 너머의 사람들을 지키기 위해 자신의 생명을 내놓고 몬스터와 전투를 벌였는데, 너희는 안전한 곳에서 그걸 구경하고 있었단 건가?"

정진은 테이블에 둘러앉은 이들을 쭉 훑어보았다.

아무도 정진과 눈을 마주치는 사람은 없었다.

"사람이 죽어가고 있는데 한가하게 여기 앉아서 탁상공론이나 펴고 있다니! 그러고도 저들을 대변하는 대표들이라고 할 수 있나?"

"……."

물었지만 아무도 대답하지 않았다.

질책당하는 동안에도 어떻게 상황을 무마할지만 생각하며 눈알을 또르륵 굴리고 있을 뿐이었다. 그 모습을 보고 있는 정진은 애써 냉정하려고 해도 너무 한심해서 인상이 펴지질 않았다.

"창피하지도 않습니까?"

"뭐, 뭐가 말입니까? 나는 헌터 협회 간부로서 작전 지휘를 위해……."

정진이 이를 갈며 차지철의 말을 잘랐다.

"접전지와 꽤 거리가 있는 이곳에서 작전 지휘를 했다는 겁니까? 무슨 지휘를 했습니까?"

"그건……."

차지철은 말을 잇지 못했다.

물론 정진은 변명을 들어줄 생각이 전혀 없었다.

"뉴 서울 쉘터에서는 이기동 회장님이 직접 방벽과 가까운 감시탑에서 작전 지휘를 했습니다. 헌터들이 몬스터와 사투를 벌이고 있는 바로 그 현장에서. 그런데 당신은 이렇게 멀리 떨어진 센트럴 타워에서 자리에 앉은 채로 뭘 어떻게 했다는 겁니까?"

그때, 입을 다문 채 눈치를 보던 박유천이 이때다 싶어

불쑥 끼어들었다.

"협회장님이 현장에 있었다니, 그걸 어떻게 알고 말하는 겁니까?"

"이 눈으로 직접 봤으니까요. 난 어제까지 뉴 서울 쉘터에서 방어전에 참여했고, 뉴 서울 쪽의 몬스터 웨이브가 끝나자마자 게이트를 통해서 뉴 대전으로 온 겁니다."

정진이 차가운 눈으로 박유천을 노려보았다. 박유천은 즉시 다시 제자리에 찌그러졌다.

"알았으면 이제 대답해 보시죠. 뉴 대전에 온 지 하루밖에 지나지 않았지만 전장에서 여기 있는 당신들의 얼굴은 한 번도 보지 못했습니다. 여기서 그동안 뭘 하고 있었던 겁니까? 대책을 세웠다구요? 몬스터와 싸우다 죽어가는 사람들이 저 앞에 있는데 말입니까?"

"……."

"방벽 위에서 싸우던 헌터들도 입을 모아 말하더군요. 당신들이 코빼기도 비추지 않았다고 말입니다."

"……."

사람들은 입이 열 개라도 할 말이 없었다.

"다들 헌터 라이선스 발급 당시 서명하셨을 테니 아시겠죠. 몬스터 웨이브와 같은 재난이 발생했을 때 국가 동원령에 협조하지 않으면 어떤 처벌을 받는지."

"아니……."

정진이 정부 측에 고발하겠다는 듯한 뉘앙스를 풍기자, 다급해진 헌터 협회 간부들과 중대형 클랜 대표들은 어떻게든 변명하려 입을 열었다.

"그만."

그러나 정진의 싸늘한 표정에 움찔 몸을 굳히며 이내 입을 다물어야 했다.

정진은 얼어붙은 간부들을 하나하나 노려보며 내뱉었다.

"무슨 생각으로 이렇게 했는진 모르겠지만 각오하는 게 좋을 겁니다. 왜 이런 일을 하면 안 되는 건지, 내가 똑똑히 알려 드릴 테니 말입니다."

쾅!

말을 끝낸 정진은 곧장 몸을 돌려 문을 닫고 비상 대책 본부를 나왔다. 썩은 내가 나는 것 같아 혐오스러워 견딜 수 없었다.

† † †

전투가 끝난 뒤, 뒷수습을 위해 지시를 하고 있던 이정진은 문득 방벽 위에 있던 정진의 모습이 보이지 않는다는 것을 눈치챘다.

이정진은 주변에서 정리를 하고 있던 아케인 클랜원 한 명을 붙잡고 물었다.

"클랜장님은 어디 계시냐?"

클랜원이 고개를 갸웃거리다 대답했다.

"아, 아까 끝나자마자 협회 사람들하고 다른 클랜 대표들은 대체 어딨냐고 물으셔서요. 비상 대책 본부에 있을 거라고 하니 곧바로 센트럴 타워 쪽으로 가셨습니다."

"이런."

이정진은 곤란한 표정을 지으며 급히 쉘터 안쪽으로 향했다.

"휴……."

비상 대책 본부를 뛰쳐나오듯 빠져나온 정진은 인적이 드문 곳으로 자리를 피해 심호흡을 하며 화를 가라앉히려 애썼다.

하지만 치민 분노는 쉽게 가라앉지 않았다.

정진은 아직도 그 자리에 모여 있던 헌터 협회 간부들과 클랜 대표들의 얼굴을 생각하면 속에서 천불이 끓는 듯했다.

"왜 그래? 안에서 어떻게 된 거야?"

이정진이 걱정스러운 얼굴로 다가왔다.

정진이 애써 분기 어린 표정을 고치며 말했다.

"안에 모두 모여 있더군요. 전투 중이야 정신이 없으니 보이지 않았다고 하더라도, 끝난 뒤에도 도무지 보이지 않길래 어디 있나 했더니……."

고개를 젓자, 이정진이 그럴 줄 알았다는 듯 한숨을 내쉬었다.

"그래, 첫날부터 계속 안 보인다 했다. 설마설마 했는데……."

"역시 첫날부터 없었군요."

이정진이 무겁게 고개를 끄덕였다.

뉴 서울 쉘터에서 방어전에 참여하고 있을 때, 정진은 뉴 대전 쉘터의 어려운 전황에 대해 듣고 몬스터 웨이브로 숨 가쁘게 전투를 이어가는 도중에도 휴식 시간을 줄여가며 만든 익스플로전 구슬을 보내주었다.

멀리 떨어진 정진조차 뉴 대전에 있는 헌터들을 도와주기 위해 애썼는데, 정작 뉴 대전 쉘터에 있는 그들은 같이 싸우기는커녕 죽어가는 이들을 본체만체하고 있었던 것이다.

주변에 사람이 있는지 살펴본 이정진이 목소리를 죽이며 말했다.

"저들의 소속 헌터들도 마찬가지야. 나중에야 전황이 어려워지면서 다들 기를 쓰고 싸웠다지만, 몬스터 웨이브 초반에는 무언가 이상했어."

"그게 무슨 소립니까? 이상했다뇨?"

"일부러 힘을 빼고 있는 거 같아 보였어. 처음엔 명령 전달에 혼선이 있었거나 해서 그런 줄 알았는데, 주변에 있던 헌터들의 증언으로는 몬스터와 대충 싸우고 있었다고 해."

"몬스터들에게 져주고 있었다구요?"

정진이 믿을 수 없다는 듯 묻자, 이정진이 고개를 끄덕이며 더욱 작게 말했다.

"확신할 수는 없지만, 내 생각에는 대형 클랜의 헌터들이 일반 헌터들 쪽으로 몬스터들을 몰아넣어 희생자를 늘리려고 했던 게 아닐까 싶다."

"설마… 설마 그렇게까지 할까요."

정진은 애써 고개를 흔들며 믿고 싶지 않다는 표정을 지었다.

만약 그게 사실이라면 그런 계획을 세워 무고한 헌터들을 희생시킨 저들은 인간도 아니었다.

그러나 머릿속으로는 정말 그럴 수도 있겠다는 가능성이 고개를 들고 있었다.

"나도 너무하다고는 생각한다. 확실한 것은 아니야. 그럴 가능성이 있다는 거지."

이정진도 그와 비슷한 심정인 듯, 침중한 표정을 짓고 있었다.

"하지만 그동안 저들이 보인 행태를 보면 마냥 그렇지 않을 거라고 믿기도 힘들다."

그는 고개를 조용히 저으며, 클랜원들을 이끌고 뉴 대전 쉘터에 도착했을 때부터의 일을 정진에게 들려주었다.

"그랬군요. 그래서 형님만 전투에 참여하고 계셨던 거군요."

"그래. 이미 끝난 일이긴 하다만……."

이정진도 화난 기색을 감추지 못하고 인상을 굳혔다.

그동안 간부들이 상황 파악도 못하고 속 터지는 말을 해 댈 때마다 어디다 말도 못하고, 열불이 터지는 속을 가라앉히기 위해 아무도 없는 곳으로 가서 그레이트 소드를 부러질 듯 움켜쥐고 허공에 휘둘러 대곤 했던 생각이 난 것이다.

"참, 형님. 정은이랑 정수는 어디 있는지 아세요? 뉴 대전에 온 뒤로 계속 찾고 있는데 보이지 않네요."

이정진을 위로하던 정진이 화제를 돌리며 물었다.

"애들은 몬스터 웨이브가 오기 직전에 엠페러 쉘터로 보냈어. 이곳 상황이 심상치 않아 보이니 경험이 없는 둘은 위험할 것 같아서 말이지."

"그래요?"

"응, 마침 백화 클랜에서 엠페러 쉘터 쪽으로 보내는 지원 부대가 대전 게이트를 이용하러 왔더라고. 그래서 그쪽에 딸려 보냈다."

정진이 조금 안심한 듯 고개를 끄덕였다.

"그럼 엠페러 쉘터 쪽 상황은 어땠는지 알아봐야겠네요."

"내가 확인해 봤어야 했는데 정신이 없어서……. 미안하다. 바로 가자."

정진은 아케인 클랜이 배급 받은 천막이 있는 쪽으로 향했다.

천막 안은 긴 전투 후 지쳐 나가떨어진 클랜원들로 가득했다.

정진이 들어서자, 누워 있던 클랜원들이 비척거리며 일어서려고 했다.

"일어나지 말고 쉬어요."

정진은 인사를 하려는 클랜원들에게 손을 내저으며 빠른 걸음으로 테이블이 있는 구석 쪽으로 향했다.

경화 플라스틱으로 만든 접이식 테이블은 이정진과 둘이

앉기에도 좁은 작은 것이었지만, 동생들과 통신하기 위한 수정구를 올리는 데는 충분했다.

우웅.

통신 수정구에 마력을 불어넣자, 수정구가 작게 진동했다. 곧이어 투명한 수정 안에 가득 차 있던 뿌연 연기가 푸른빛을 띠며 움직이기 시작했다.

정진은 동생 정은이 가진 수정구의 파장에 맞추어 마력을 계속 흘려보냈다.

"정은아. 들리니? 정은아."

순간 수정 속의 연기가 걷히는 듯하더니, 정은의 모습이 수정구 안에 비쳐 보이기 시작했다.

— 오빠!

정은이 반가운 얼굴로 외쳤다.

뉴 서울에서는 상황이 급박하고 동생들 쪽이 통신을 받을 만한 상태인지 알 수 없어 수정구를 사용할 새가 없었는데, 무슨 일이 생기지는 않은 듯해 조금은 안심이 되었다.

하지만 정은이 눈에 띄게 피로한 안색을 하고 있는 것이 마음에 걸렸다.

"엠페러 쉘터 쪽에 있다고 들었어. 그곳 상황은 어때?"

정진은 지쳐 보이는 동생의 모습에 가슴이 아려왔지만 일단은 상황 파악이 먼저라는 생각에 물었다.

— 여긴 아직 괜찮아! 그런데 몬스터가 아직도 많이 남았어. 인원이 너무 많아서 물자가 너무 부족한 거 같아. 오빠 쪽은 어때?

다행히 전황이 나쁘지는 않은 모양이었다. 다만 정원 500명인 엠페러 쉘터에 방어전을 펼치기 위해 세 배가 넘는 인원이 모여들었으니, 당연히 보급에 문제가 생겼으리라.

아마 몬스터 웨이브가 시작되기 전 대비하기 위해 최대한 물자를 비축했을 것이다.

그러나 전투가 벌어지기 직전까지도 방어전에 참여하러 오는 헌터들이 있었을 정도니 아무리 아껴 썼다고는 해도 모자랄 것이다.

정진이 고개를 끄덕이며 대답했다.

"난 지금 뉴 대전에 있어. 뉴 서울 쪽하고 여긴 모두 끝났어. 물자는 내가 그쪽으로 가져갈 테니까 걱정하지 마. 정수도 같이 있어?"

— 아니, 정수는 엠페러 클랜의 제1쉘터 쪽에 있어. 연락은 안 닿았는데, 아마 그곳 상황도 여기랑 비슷할 거 같아.

정은과 정수는 같은 5클래스 마법사였지만, 정수에 비해 정은의 실력이 조금 더 좋았다.

정은은 몬스터 웨이브의 범위에 들어가는 엠페러 클랜의 두 쉘터 중 뉴 대전 쉘터와 더 먼 제2쉘터에 자신이 가고, 비교적 가까운 제1쉘터에는 정수를 보낸 것이다.

뉴 대전 쉘터와 더 가까워야 보급이 더 원활할 것이라고 생각한 것이다.

"그래. 내가 그쪽으로 워프 게이트를 열 테니까, 엠페러 쪽 책임자 분한테 부탁해서 연결할 만한 곳을 확보해 줘. 넓으면서 안전한 곳으로."

— 알았어. 준비되는 대로 다시 연락할게. 그럼 조금 이따 봐.

"그래."

정은과의 통신을 마친 정진은 곧바로 정수에게 연락을 시도했다.

바로 연결되지는 않았지만, 시간을 두고 끈질기게 통신을 시도한 끝에 정수와도 연결될 수 있었다.

정진은 엠페러 제1쉘터도 제2쉘터와 대동소이한 상황임을 듣고, 정수에게도 똑같은 지시를 내린 뒤 통신을 종료했다.

수정구를 아공간에 집어넣으며 옆에 앉아 있는 이정진을 돌아보자, 뭐라 말도 꺼내기 전에 이정진이 벌떡 일어섰다.

"당장 보낼 수 있는 보급 물자를 알아보고 오마."

정진이 통신하는 것을 옆에서 들은 이정진은 한시라도 빨리 엠페러 쉘터 쪽을 지원해야 한다는 생각에 정진의 대답도 듣지 않고 빠른 걸음으로 천막을 나섰다.

이정진을 따라나서려던 정진이 문득 멈추더니, 잠시 무언가 생각하는 듯하다 이내 큰 소리로 말했다.

"엠페러 쉘터 쪽에서 급히 보급이 필요하다고 합니다. 아직 여유 있는 분들 몇 명만 좀 도와주세요. 배낭 챙겨서 부클랜장님 따라가세요."

그러자 천막 안에 널브러져 있던 아케인 클랜원들 중 일부가 벌떡 일어서서 이정진을 급히 따라갔다.

등 뒤에는 아케인 클랜원들이 헌팅 시에 항상 들고 다니는, 공간 확장 마법이 걸린 배낭을 메고 있었다.

배낭에 새겨진 마법은 부피나 무게를 대폭 줄여주었다. 두 쉘터에 보낼 수많은 보급품들을 옮기는 데 도움이 될 것이다.


이정진과 함께 천막을 나선 아케인 클랜원들은 제각기 흩어져 뉴 대전의 상점가를 샅샅이 뒤졌다.

상점들은 사실 별다른 재미를 보지 못했다.

몬스터 웨이브를 막기 위해 지난 한 달여간 비상 대기 상태였다. 때문에 공급 부족으로 뉴 대전에 있는 물자들의 가격은 천정부지로 치솟았다.

뉴 대전 쉘터에 진출해 있는 상점들 중에는 각 기업에서 진출한 곳도 있었다.

몬스터 웨이브가 닥치기 전, 일부 클랜들의 뒷배를 봐주는 기업들은 전쟁을 일부러 어렵게 만들려는 클랜들의 계획을 알게 되었다.

그러자 몬스터 웨이브가 장기화될 것으로 보고 전황이 어려워졌을 때부터 물자를 조금씩 풀려고 계획하고 있었던 것이다.

쉘터에 머무는 사람 수에 비해 조금씩 풀리는 물자로 가격은 계속 치솟고 있었고, 기업들은 회심의 미소를 지었다.

그런데 힘들게 막아내고 있던 지난 며칠과는 달리, 정진이 도착한 이후로 전황이 뒤바뀌었다.

하루 만에 몬스터 웨이브가 끝나고, 창고에 꼭꼭 쟁여둔 물자는 재고가 되어버렸다.

더욱이 전쟁이 끝났으니 물자를 구매할 헌터들은 이제 본래 있던 곳으로 돌아가게 될 것이다.

서로 담합하여 가격을 올리고 있던 상점들은 어떻게든 헌터들이 가기 전에 재고를 팔아 넘기기 위해 헐값으로 물건을 내놓을 수밖에 없게 되었다.

몬스터 웨이브가 끝나 마정석이나 부산물들도 잔뜩 들어올 테니, 창고에 전쟁 대비 물자를 쌓아두고 있을 수가 없는 것이다.

덕분에 엠페러 클랜의 쉘터 쪽으로 보낼 보급 물자를 구하던 아케인 클랜원들은 보급품을 저렴한 가격에 잔뜩 사들일 수가 있었다.

그렇다고 해서 상점들이 크게 손해를 본 것은 아니었다.

물가가 워낙 치솟아 있었던 탓에 급락하여 헐값에 팔아치웠다고 하더라도 일반적인 가격에서 10% 정도 저렴한 정도였다.

아니, 오히려 악성 재고가 될 뻔한 물건을 모두 처리할 수 있었으니 이득이라고 봐도 좋았다.

두 쉘터에 보급할 정도의 물자 양은 그야말로 어마어마했다.

저렴한 가격이라고 하더라도 그만한 양을 한꺼번에 팔 수 있었으니, 상점들로서는 오히려 기쁜 일이었다.

배낭에 물건을 마구 쓸어 담은 클랜원들이 정진이 있는 천막으로 복귀했다.

"보급 물자는 모두 구했습니다."

클랜원들을 이끌고 간 이정진이 도착하여 보고했다.

"수고하셨습니다."

테이블 앞에 앉아 있던 정진이 대답했다. 손에는 마정석과 야구공만 한 수정이 들려 있었다.

클랜원들이 물건을 모두 구해올 때까지 천막 안에서 익스플로전 구슬을 만들고 있었던 것이다.

정진은 원래 이정진과 함께 물자를 구하려고 했다. 물자가 전부 구해지자마자 클랜원들과 함께 이동할 생각이었던 것이다.

'하지만… 전투가 너무 길어졌지.'

이미 몬스터 웨이브가 시작된 지 4일이 지났다.

아무리 많은 헌터들이 지원을 나가 있다고는 하지만, 적은 물자를 아껴가며 버티고 있으니 육체적으로나 정신적으로나 한계에 부딪쳐 있을 것이다.

그러나 정은은 아직 몬스터가 많이 남았다고 했다.

속전속결로 몬스터들을 처리하지 않으면 헌터들이 버티지 못하고 먼저 지쳐 나가떨어지게 될 것이 분명했다.

정진은 뉴 대전 쉘터에 처음 왔을 때와 마찬가지로 쉘터 방벽 주위에 있는 몬스터들을 어느 정도 정리해서 쉘터를 방어하고 있는 헌터들이 쉴 시간을 마련해야 한다고 생각했다.

보급 물자를 구하는 것을 다른 클랜원들에게 맡기고 천막에서 익스플로전 구슬을 만들고 있던 것은 바로 그 때문이었다.

하지만 예상보다 보급 물자를 구하는 일이 빨리 끝나 정진은 조금 놀라워하는 중이었다.

'아직 몇 개 만들지 못했는데.'

정진은 테이블 위에 놓인 완성된 구슬들을 내려다보았다.

오랜 전투가 있었으니 상점에 물자가 거의 남아 있지 않을 거라고 생각했다.

그만한 양을 구하기 쉽지 않을 텐데 싶어 아마 물자를 구하러 간 클랜원들이 오래 걸릴 거라 생각하고 있었는데, 괜한 기우였다.

상점들이 몬스터 웨이브 전부터 담합하여 물자를 쟁여두고 있었다는 사실을 몰랐던 탓이다.

"그럼 지원에 나설 분들은 따로 엠페러 쉘터 쪽에서 연락이 올 때까지 대기하겠습니다."

명령을 기다리고 있던 클랜원들이 각자 자리에 앉아 휴식을 취했다.

정진은 동생들에게서 연락이 오기만을 기다리며 구슬을 만드는 손에 속도를 더했다.

✝        ✝        ✝

다다다닥!

한편 엠페러 제1쉘터에 있는 정수는 재빠르게 감시탑으로 향하는 계단을 오르고 있었다.

감시탑에 있는 지휘관을 찾아가, 뉴 대전 쉘터로부터 보내올 보급에 대해 얘기하려는 것이다.

얼마 오르지 않아 활짝 열려 있는 지휘소의 문으로부터 쩌렁쩌렁한 외침이 들려오기 시작했다.

"야이 새끼야! 화살이 그냥 땅 파면 나오는 건 줄 알아? 똑바로 못 쏘냐?"

방벽 위에서 몬스터들을 공격하고 있는 헌터들을 향해 연신 고래고래 소리를 지르고 있는 정철원과 그 주위를 바쁘게 뛰어다니는 클랜 간부들의 모습이 뒤이어 눈에 들어왔다.

정철원은 엠페러 클랜의 부클랜장으로, 클랜장인 이종훈과 친구 사이인 4급 헌터였다. 그가 바로 이곳 엠페러 제1쉘터의 총지휘관을 맡고 있었다.

"정철원 부클랜장님."

"뭐야, 바빠 죽겠는데!"

길길이 뛰며 소리를 지르던 정철원이 팩 돌아보곤, 그를 찾아온 사람이 정수라는 걸 알자 급히 표정을 풀고 정수를 맞았다.

"아, 정정수 씨셨군요. 이거 죄송합니다. 무슨 일이십니까?"

"현재 뉴 대전 쉘터에 있는 저희 클랜장님과 방금 통신을 했습니다. 엠페러 제1, 제2쉘터로 보급품을 보내시겠다고 합니다."

"보급품을요?"

처음 통신이라는 말에 고개를 갸웃거리던 정철원이 눈을 동그랗게 뜨며 물었다.

"아니, 뉴 대전 쪽도 한창 전투 중일 텐데……."

정수는 고개를 저었다.

"뉴 서울과 뉴 대전 쉘터는 몬스터 웨이브가 끝났다고 합니다."

"끝났다구요?"

정철원이 더욱 놀라 물었다.

"네, 양쪽 다 지켜냈습니다. 희생은 있었지만 대부분 무사하다고 합니다."

"아, 정말 다행입니다."

그러자 정철원의 표정이 눈에 띄게 밝아졌다. 두 쉘터

헌터프론티어

에는 엠페러 클랜의 헌터들도 일부 파견되어 있었기 때문이다.

"그런데 보급품이 온다니 무슨 얘깁니까? 통신이라니……. 뉴 어스에서 통신은 불가능한 게 아니었나요?"

뉴 어스에서는 지구의 전자 기기를 전혀 쓸 수 없었다. 통신기 또한 마찬가지였다.

그나마 뉴 서울과 뉴 대전 쉘터는 게이트를 통해 지구로 이동함으로써 바로 소식을 전달할 수 있으나, 다른 쉘터들은 그렇지 않았다.

그래서 뉴 어스에 있는 헌터들은 서로 소식을 전하기 위해서는 무조건 인편으로 전달해야만 했다.

하나 엠페러 제1쉘터와 뉴 대전 쉘터와의 거리는 아무리 빨리 이동한다고 해도 약 3일이 걸리는 거리였다.

제2쉘터에 비해 좀 더 가깝다고는 해도, 정철원은 사실 뉴 대전에서 보급품을 보내온다고 하더라도 시간 안에 올 수 있을지에 대해서는 좀 불신하고 있었다.

그래서 그들은 사실상 반쯤 포기하고 있었는데, 이미 뉴 대전은 전투가 끝났다는 소식과 함께 보급대가 온다는 것이었다.

정철원은 이 말을 믿어야 할지 아니면 헛소리라고 생각해야 할지 가늠하기가 어려웠다.

정수가 이해한다는 듯 웃으며 말했다.

"저희 클랜은 마법으로 만든 통신기를 이용해 뉴 어스에서도 먼 거리에 있는 클랜원들과 통신할 수 있습니다."

"그렇군요. 그 마법이라는 건 정말 들을수록 놀랍습니다."

정철원이 감탄하며 고개를 끄덕였다.

엠페러 쉘터의 건설 의뢰를 아케인에 맡겼을 때, 마법사인 정진의 능력에 대해서 언뜻 엿볼 수 있었던 그는 어렵지 않게 정수의 말을 믿었다. 당시 보았던 정진의 능력은 그야말로 헌터계가 들썩일 만한 능력이었다.

게다가 엠페러 제1쉘터로 파견된 정수도 몬스터 웨이브를 막아내는 지난 며칠간 대활약을 해주었으니, 정철원의 의문은 정수의 그렇다는 한마디로 눈 녹듯 사라져 버렸다.

정수는 정철원이 어느 정도 이해한 것 같자 곧바로 본론을 꺼냈다.

"지금 바로 이곳으로 지원을 오신다고 하는데, 엠페러 쉘터 지하의 마나 집접진이 있는 공간을 빌려달라고 합니다."

"예? 지금 바로요? 그런데 왜 하필 거기입니까?"

정철원이 의문 가득한 표정으로 물었다.

정수는 차분히 설명했다.

"마법을 사용해 뉴 대전에서 이곳으로 바로 이동할 예정입니다."

"순간 이동 같은 건가요?"

"예. 다만 보급품과 지원 병력이 이동할 넓고 안전한 장소가 필요합니다. 현재 제1쉘터에서 가장 안전하고 넓은 공간은 지하의 그곳뿐이라고 생각해서 요청을 드린 겁니다."

"마법으로 그런 것도 할 수 있군요."

정철원이 다시금 감탄하며 선선히 고개를 끄덕였다.

"도와줄 분들이 오신다는데 안 될 이유가 있겠습니까. 그렇게 하십시오. 지하에 혹시나 있을 수 있는 사람들은 이동하라고 전해두겠습니다."

"감사합니다. 그럼 바로 뉴 대전 쪽으로 연락하겠습니다."

정수는 고개를 끄덕이고 곧바로 중앙 건물 쪽으로 뛰어 내려가기 시작했다. 지하 집접진이 있는 쪽이었다.

그 모습을 지켜보던 정철원이 곧바로 고개를 돌렸다.

"정신 안 차리냐! 거기 몬스터 올라오잖아!"

정철원이 한쪽을 가리키자, 헌터들이 우르르 몰려가 방벽 위로 고개를 내미는 몬스터들을 향해 무기를 질러 넣었다.

"저쪽! 저쪽! 오거 오잖아! 빨리 쏴!"

정철원은 쉘터 벽을 오르는 몬스터들을 보며 다시 고함을 지르기 시작했다.

† † †

엠페러 제1쉘터의 중앙 건물 지하, 마나 집접진이 그려진 이곳은 엠페러 제1쉘터에서 가장 중요한 시설이었다.

만약 이곳에 이상이 생기게 되면 더 이상 이곳은 쉘터로서 몬스터들을 막아낼 수 없게 될 것이다.

애초에 높고 거대한 방벽을 가진 뉴 대전 쉘터도 계속해서 밀려드는 몬스터들에 의해 방벽이 절반이나 부서졌는데, 그 절반도 안 되는 규모의 엠페러 제1쉘터가 지금까지 버티고 있다는 것은 기적과도 같은 일이다.

벌써 며칠째 계속되고 있는 몬스터들의 공격을 목재로 건설한 이 작은 쉘터에서 지금까지 별 피해 없이 막아낼 수 있었던 것은 이 집접진이 무사하기 때문이었다.

정수가 중앙 건물 꼭대기에 있는 타워에서 집접진의 마나를 바탕으로 적절히 쉘터 방어를 서포트하는 마법을 펼친 것이다.

특히 마법사인 정수가 상황에 따라 적절한 마법을 사용했기에 가능한 일이었다.

만약 엠페러 클랜에서 직접 쉘터 방어 마법을 펼쳤다면, 기본적으로 타워에 입력되어 있는 마법만을 사용해야 하기 때문에 적절한 대처를 하는 것이 불가능했을 것이다.

몇 명의 엠페러 클랜원들이 정수를 따라 들어와 지켜보았다. 마나 집접진이 워낙 중요한 시설이니만큼 감시가 붙는 것은 어쩔 수 없었다. 아무리 믿을 수 있는 지원군이라지만 일단 타 클랜의 사람인 것이다.

정수는 마나 집접진이 있는 홀에 도착하자마자 수정구를 손에 든 채 마력을 불어 넣었다.

"형!"

기다렸다는 듯 정진이 통신에 응답했다.

— 그래, 준비 끝났냐?

"응, 지금 엠페러 쉘터 지하에 있어. 넓고 안전한 곳이 여기뿐이야."

수정구 속 정진이 고개를 끄덕이며 손을 움직이자, 정진의 모습 대신 어떤 영상 하나가 수정구 안에 비쳤다.

— 이대로 잘 보고 바닥에 그려. 크기는 2m 정도면 될 거야.

"익스팬드(Expand)."

정수가 조용히 시동어를 중얼거리자, 수정구에 새겨져 있는 마법 중 하나인 익스팬드 마법이 발현되며 수정구 속 영상이 확대되어 허공에 선명하게 떠올랐다.

영상 속 마법진의 모습을 확인한 정수는 고개를 끄덕였다.

"생각보다 별로 어렵지 않은데?"

정수는 완드를 들어 올려 영상을 가리켰다.

"매직 카피(Magic Copy)."

그러자 영상 속에 있던 마법진이 분열되듯 하나 더 생겨났다.

정수는 완드를 움직이는 대로 따라 움직이는 마법진의 분신을 빈 땅 위로 옮기고 크기를 조절한 뒤, 가볍게 한 번 완드를 두드리는 것으로 고정시켰다.

그러고는 품속에서 마법진에 들어가는 재료를 꺼내 바닥에 그려진 마법진을 따라 그리기 시작했다.

잠시 뒤, 습자지를 대고 그 위에 비친 그림을 따라 그린 것처럼 똑같은 하나의 마법진이 완성되었다.

매직 카피로 새긴 마법진과 다른 점은 없는지 꼼꼼히 확인한 정수는 고개를 끄덕였다.

"형, 다 그렸어."

— 그래? 그럼 좀 뒤로 물러나.

정수는 수정구를 들고 한쪽 벽이 있는 곳까지 한참 물러났다.

마법진을 따라 그리기는 했지만, 방금 그린 마법진이 어떤 마법인지 정확히 파악하지는 못했다.

그저 정진이 말했던 대로 워프 게이트라는 것만 이해할 수 있을 뿐이었다.

잠시 뒤, 대기가 떠는 듯한 소리와 함께 마법진이 있는 곳에서 한 점의 빛이 생겨났다.

그 빛은 곧 번쩍하고 퍼지며 마법진이 있는 주변을 뒤덮었다.

눈부심이 사라지고 난 뒤 마법진 위에 생겨난 것은 빛으로 된 거대한 타원형의 무언가였다.

마치 거울 같은 모습이었는데, 테두리의 일렁이는 빛과는 달리 안쪽 부분은 뭐가 있는지 알 수 없을 만큼 까마득한 어둠이었다.

정수와 엠페러 클랜의 헌터들 모두 긴장한 기색으로 그것을 바라보았다.

그때, 검은 표면으로부터 팔 하나가 쑥 튀어나오더니, 곧이어 익숙한 얼굴의 사람이 등장했다.

"형!"

정수가 날 듯이 정진 쪽으로 뛰어갔다.

"응, 그래. 잘 있었지?"

"어… 응. 어서 와."

정수는 방금 게이트를 열고 공간을 뛰어넘은 사람 치고
는 너무도 태연하고 차분한 정진의 목소리에 일순 황당한
표정을 지었다가, 곧 그게 정진이라는 것을 깨닫고 체념
했다.

"내 뒤로도 올 테니까, 일단 좀 옆으로 가자."

정진은 그런 정수의 표정에도 아랑곳하지 않는 듯, 정수
를 붙들고 한쪽으로 비켜섰다.

비켜서기가 무섭게 게이트 너머로부터 사람들이 하나둘
도착하기 시작했고, 마나 집접진이 있는 지하 홀은 금방 가
득 찼다.

점점 공간이 협소해지자, 정진이 큰 소리로 외쳤다.

"먼저 도착한 분들은 바깥에서 정렬하세요!"

그러자 이정진이 가장 먼저 건물 밖으로 나가는 계단 쪽
으로 나섰고, 주변에 있던 헌터들이 한 줄로 뒤따라 나갔
다.

한편 정수가 지하실 바닥에 주저앉아 무언가 이상한 그림
을 그리는 듯하다가, 갑자기 빛무리 속에서 사람들이 나타
나자 엠페러 클랜의 헌터들은 혼란스러운 얼굴로 그들을 바
라보고 있었다.

이동 인원수가 많은 만큼 워프 게이트의 모습은 평소 정
진이 사용하던 것보다 더 크고 화려했다.

특히 공간 이동 마법의 존재를 전혀 모르고 있던 엠페러 클랜의 헌터들에게 그것은 신림동이나 대전에 있는 차원 게이트와 크게 달라 보이지 않았다.

하지만 그들의 놀란 표정에도 정진은 별 관심을 두지 않았고, 게이트를 넘어오는 인원수를 조용히 체크했을 뿐이었다.

모든 헌터들이 게이트를 넘어오자, 정진이 가볍게 손을 게이트를 향해 휘저었다.

"캔슬(Cancel)."

그러자 워프 게이트는 나타났던 것처럼 순식간에 불이 꺼지듯 사라져 버렸다.

엠페러 제1쉘터를 지원하기 위해 온 아케인 클랜원들은 모두 엠페러 제1쉘터 중앙 건물 앞쪽에 정렬해 있었다.

"형님, 방벽 위에서 대기하고 계시다가 제가 마법을 시전하면 그걸 신호로 바로 방벽을 넘어가서 몬스터들을 처리해 주세요."

정진은 부클랜장인 이정진에게 작전을 설명해 주었다.

"정문 위에 있는 지휘소에 엠페러 부클랜장이 있어요. 그쪽에도 연락해서 함께 움직여 달라고 해주세요."

"알았다."

이정진은 걱정 말라는 듯 고개를 굳게 끄덕여 보이곤, 대기하고 있던 아케인 클랜원들에게 손짓하며 방벽 위로 올라가는 계단으로 향했다.

늘어서 있던 아케인 클랜원들은 이정진을 따라 질서정연하게 방벽 위로 이동했다.

이정진은 방벽 위에서 2열로 나란히 늘어서 있도록 클랜원들에게 지시하고, 곧바로 지휘소로 향해 정철원을 찾았다.

정철원은 눈을 반짝이며 이정진의 설명에 연신 고개를 끄덕였다.

그사이 정진은 다시 중앙 건물로 들어가 꼭대기에 있는 타워에 섰다.

직접 마법을 써도 되겠지만, 소모될 마력을 절약할 수 있게 해주는 물건이 바로 옆에 있는데 굳이 생고생을 할 이유가 없었다.

더욱이 이곳이 정리되는 즉시 정은이 있는 엠페러 제2쉘터에도 가야만 했다. 혹시 모를 사태에 대비하여 최대한 마력을 아껴둘 생각이었다.

타워는 쉘터에서 가장 높은 곳, 방벽 너머까지도 훤히 보이는 곳에 위치하고 있다.

쉘터 북쪽을 중심으로 많은 몬스터들이 몰려 있었고, 다른 쪽에는 거의 보이지 않았다.

엠페러 제1쉘터는 뉴 대전의 북쪽에 위치하고 있었다.

뉴 대전 쉘터의 게이트를 노리고 몰려오던 몬스터들 중 북쪽에서 오던 것들이 눈앞을 가로막는 엠페러 제1쉘터와 맞닥뜨린 것이다.

몬스터들은 눈에 보이는 것 없이 게이트 쪽으로 미친 듯이 달려들 뿐이니, 다른 쪽에서 오던 몬스터들은 아마 이곳을 눈치채지도 못하고 지나쳐 간 것이리라.

정진이 고개를 끄덕였다.

'굳이 큰 마법을 쓸 필요는 없겠군.'

적당히 도움을 준다면 이곳에 있는 헌터들의 전력만으로도 충분히 남은 몬스터들을 처리할 수 있을 것이다.

'그렇다면 무슨 마법이 적당한가인데…….'

타워의 수정구에 손을 올린 채 잠시 생각하던 정진이 마력을 주입했다.

"라이트닝 웨이브(Lighting Wave)."

마력이 진동하듯 빠져나간 순간.

라이트닝 웨이브는 5클래스의 전격 마법이지만, 이번에는 하늘에서 번개가 떨어지는 일은 벌어지지 않았다.

전면에 있는 엠페러 쉘터의 방벽에서부터 일어난 푸른 물결이 정확히 세 차례, 몬스터들을 뒤덮으며 사방으로 퍼져 나갔다.

파즈즈즉!

감전된 몬스터들이 마구 경련했고, 살이 타들어가는 역한 냄새가 코를 찔렀다.

방벽 위에서 몬스터들을 지켜보던 이정진은 더 이상 어떤 변화가 없자, 목소리에 마나를 실어 크게 소리쳤다.

"가자!"

그러고는 10m나 되는 방벽에서 뛰어내려, 전격으로 인해 꼼짝 못하고 굳어 있는 몬스터를 향해 돌진했다.

"와아아아!"

그 뒤를 따라 아케인 클랜원들이 일제히 함성과 함께 방벽에서 뛰어내리기 시작했다.

지휘소에서 그 모습을 지켜보던 정철원은 저도 모르게 주먹을 불끈 쥐고 외쳤다.

"우리도 가자!"

"와아아아!"

엠페러 클랜의 헌터들도 호기롭게 외쳤으나, 10m나 되는 방벽에서 뛰어내리는 건 실제로 쉬운 일이 아니었다.

의기에 섣불리 뛰어내렸다가는 몬스터를 상대하기도 전에 발바닥의 강도를 시험해 볼 수 있을 것이고, 까딱하다가는 목이 부러져 황천행인 것이다.

이정진과 함께 뛰어나간 아케인 클랜원들은 모두 클랜 내부에서도 손꼽히는 실력자들이었기에 가능한 일이었다.

엠페러 클랜의 일반 헌터들은 전부 쏜살같이 정문 쪽으로 뛰쳐나갔다.

# Chapter 6
## 엠페러 쉘터를 구하라!

삶과 죽음이 뒤엉키던 전장에 적막이 내려앉았다. 뉴 어스의 바람이 한 줄기 그 위를 스쳐 지나갔다.

땅 위는 온통 인간과 몬스터들의 시체로 가득했다.

승리한 것은 인간, 희생도 컸지만 이 치열한 싸움에서 끝까지 살아남은 것은 바로 그들이었다.

다만 지쳐서 손가락 하나 움직일 힘도 없을 뿐이었다.

"이겼다."

누군가 적막 속에서 중얼거렸다. 살아남았다는 기쁨으로 그는 소리 없이 눈물을 흘렸다.

약속이라도 한 듯 생존한 이들이 낮게 한숨을 내쉬었다.

그들은 모두 누운 등으로부터 땅의 존재가 느껴진다는 것에, 숨을 쉴 수 있다는 것에 각자 감사하고 있었다. 동시에 잃어버리고 만 이들에 대한 슬픔으로, 누구도 그 뒤로는 적막을 깨지 않았다.

라이트닝 웨이브에 직격된 몬스터들은 모두 제대로 움직이지 못하고 괴로워했고, 헌터들은 그사이에 몬스터들 쪽으로 뛰어들며 마구 밀어붙였다.

하지만 엠페러 클랜에 속하는 헌터들은 아케인 클랜원들처럼 신체를 보호할 수 있는 매직 아머를 입고 있지 않았다.

경직되어 제대로 움직이지 못하는 시간에도 한계가 있다. 워낙 수가 많다 보니 시간 내로 미처 죽이지 못한 몬스터들이 발악하듯 날뛰면서 상당수의 헌터들이 희생되었다.

지친 사람들을 방벽 위에서 지긋이 내려다보던 정진은 조용히 몸을 돌려 쉘터 건물 안으로 향했다.

아직 몬스터 웨이브는 끝나지 않았다.

엠페러 제2쉘터는 지금도 몬스터들에 둘러싸인 채 싸우고 있을 테니 말이다.

사실 처음 동생들을 통해 제1, 제2쉘터의 상황에 대해 들었을 때, 정진은 제2쉘터로 먼저 가려고 생각했다.

제2쉘터의 전황이 너무 좋지 않았기 때문이다. 하지만 제1쉘터를 둔 채 제2쉘터를 먼저 갈 수는 없었다.

뉴 대전 쉘터를 기준으로 제1쉘터보다 더 먼 제2쉘터부터 지원하게 되면, 몬스터들이 도망치게 될 가능성이 있었다.

도망친 몬스터들은 다른 방향에서 뉴 대전을 노리게 될 것이고, 그랬다가는 뉴 대전으로 가는 길목에 있는 제1쉘터와 이미 전쟁이 끝난 뉴 대전으로 몬스터들이 몰리게 될 수도 있었다.

정진은 제2쉘터에 있는 정은이 걱정되었지만, 뉴 대전에서 가까운 곳부터 차근차근 몬스터를 처리해야 전체적인 헌터들의 희생을 줄일 수 있을 것이라고 판단한 것이다.

한편 헌터들 사이에 섞여 있던 이정진과 지휘소에 완전히 쉬어버린 목소리로도 기뻐하던 정철원은 재빨리 정진의 뒤를 따라 쉘터 건물 안으로 들어갔다.

이곳의 전투가 끝났다고 해서 마음을 놓을 수는 없는 일.

다음을 준비해야 할 시간이라는 것을 그들은 바로 알 수 있었다.

그리고 그들이 올 것이라는 걸 아는 정진은 잠자코 건물 안쪽에서 그들을 기다리고 있었다.

이정진과 정철원은 약속이라도 한 듯 각각 건물 정문과 방벽 위로 통하는 계단을 통해 중앙 건물 안쪽으로 들어섰다.

"수고하셨습니다."

정진이 지쳐 보이는 두 사람을 향해 인사를 건넸다.

"무슨, 할 일을 한 거지."

"정말 수고 많으셨습니다. 아케인 클랜의 도움에 감사드립니다."

별거 아니란 듯 손사래를 치는 이정진과는 다르게, 정철원은 엠페러 클랜을 돕기 위해 먼 곳에서부터 달려와 준 아케인 클랜에 진심으로 고마워했다.

"그런 말씀 마십시오. 몬스터 웨이브라는 재난 사태를 합심하여 막아낸 것뿐입니다. 함께 싸워야 할 동료인 엠페러 클랜을 도우러 오는 건 당연한 일입니다."

정진은 아무렇지도 않은 얼굴로 원론적인 이야기를 꺼내며 고개를 저었다.

내심 정철원은 정진에 대해 다시 보게 되었다.

몬스터 웨이브의 경로가 알려진 이후, 백화 클랜과 아케인 클랜에서 경로에 들어가는 엠페러의 제1, 제2쉘터에 지원군을 보내겠다는 이야기가 나왔을 때만 해도 정철원은 별생각이 없었다.

단지 아무 이유 없이 엠페러 클랜을 도와주지는 않을 것이라 생각했을 뿐이다.

하지만 전투가 벌어지자 백화 클랜과 아케인 클랜 소속의 헌터들은 자신들과 함께 목숨을 걸고 싸워주었다. 정철원은 이들이 그냥 생색을 내기 위해 이런 행동을 한 것이 아니라는 것을 깨달았다.

클랜장인 정진은 뉴 서울의 몬스터 웨이브를 방어하고 뉴 대전을 지원하러 간 것도 모자라, 사태가 해결되자마자 쉴 틈도 없이 바로 이곳으로 왔다.

정철원은 그동안 같은 3대 클랜이라 하더라도 생긴 지 얼마 되지 않은 아케인 클랜은 엠페러에 비해 한 수 처질 거라고 생각하고 있었다.

그러나 막상 직접 전투에서 아케인 클랜원들의 실력을 목격한 지금은 그것이 과소평가였음을 알 수 있었다. 아무리 실력자들만을 모아 지원 부대를 편성했다고는 해도, 그들 대부분이 자신과 비슷한 실력을 갖고 있었던 것이다.

심지어 그들 대부분은 아직 서른도 되지 않은 젊은이들이었다. 앞으로 얼마나 더 성장할지 무서울 지경이었다.

거기다 저 옆에 있는 부클랜장인 이정진은 자신과 엠페러의 클랜장인 이종훈이 함께 덤벼도 도무지 이길 수 있을 것 같지 않은, 세계 유일의 3급 헌터였다.

공식적으로 이정진과 자신의 등급 차이는 1단계 차이일 뿐이지만, 직접 목격한 그의 실력은 1단계라는 말로는 표현하기 힘든 어마어마한 차이를 보여주었다.

무엇보다 가장 놀라운 것은 바로 눈앞에 있는 아케인 클랜의 클랜장인 정진이었다.

타워의 지원을 받았다고는 하지만, 단 한 번의 마법으로 모든 몬스터들을 꼼짝 못하게 만든 것이다. 이건 기적이라고밖에 할 수 없었다.

누구나 엠페러 클랜을 대한민국 최고의 클랜이라고 말한다.

하지만 정철원은 이번 몬스터 웨이브를 겪으면서 그 명성이 얼마나 허망한 것인지 알 수 있었다.

엠페러 클랜과는 달리, 아케인 클랜에서는 단 한 명의 희생자도 나오지 않았던 것이다.

고개를 갸웃거린 정철원이 정진에게 물었다.

"그런데 아케인의 헌터들은 파워 슈트가 아니라 다른 걸 입고 있던데, 그게 뭡니까?"

아케인 클랜원들은 저마다 중세 기사와 같은 특이한 금속 재질의 갑옷을 입고 있었다. 통짜 쇠로 된 갑옷인데도 무겁지도 않은 듯 멀쩡한 모습이었다.

"저희 클랜에서 개발한 매직 아머라는 것입니다."

정진은 별 거리끼는 기색도 없이 바로 대답해 주었다.

정철원은 눈을 반짝이며 관심을 보였다.

이전 아케인 클랜에서는 매직 웨폰이라는 무기형 아티팩

트를 제작하여 판매했다. 물론 처음에는 헌터 협회에서 판매되었으나, 나중에는 그것이 아케인 클랜에서 만들어냈다는 사실이 알려졌다.

"아케인 클랜에서 개발을 했다구요? 그럼 이것도 아티팩트인 겁니까?"

"예, 그렇습니다."

'그럼 아케인에서 만든 파워 슈트 같은 건가?'

정철원은 새삼스러운 눈으로 매직 아머를 뜯어보았다.

아케인 클랜에서 희생자가 한 명도 나오지 않은 것은 클랜원들의 실력이 좋았던 탓도 있겠지만, 문득 저 매직 아머란 것의 방어력이 뛰어나서일지도 모른다는 생각도 들었다.

파워 슈트보다 성능이 떨어진다면 아케인 클랜에서 굳이 모든 클랜원들한테 그것을 지급하지는 않을 것이다.

언제 어디서 공격당할지 모르는 이런 대규모 접전에서 희생자가 없다는 것은 눈먼 공격도 받아낼 수 있을 만큼 아케인 클랜원들의 방어력이 좋았다는 것을 반증해 준다.

일반 무기와 매직 웨폰 사이의 성능 차이를 생각하면 충분히 예상할 수 있는 일이었다.

이런 정철원의 생각은 100% 맞는 것은 아니었지만, 어느 정도 일리가 있었다.

그때, 듣고 있던 이정진이 고개를 갸웃거리며 물었다.

"매직 아머라면 엠페러 클랜에도 몇 세트 판매한 것으로 알고 있습니다만⋯⋯?"

사실이었다.

정진은 매직 아머를 신형으로 교체할 때, 남겨진 구형 일부를 백화 클랜과 엠페러 클랜에 판매하였다.

대부분이 백장미의 손에 의해 백화 클랜으로 넘어갔을 뿐이다.

"들어본 적 없는데⋯ 저희 클랜에 판매를 했다고요?"

정말로 처음 듣는 이야기였다.

저렇게 좋은 장비가 있다면 분명 알려졌을 것인데, 부클랜장인 자신이 알지 못한다는 것에 의아한 생각이 들었다.

그때, 유독 조용히 있던 정진이 나서서 말했다.

"그 문제는 일단 나중에 다시 얘기하기로 하고, 지원 부대를 꾸려 엠페러 제2쉘터로 가야 하지 않겠습니까?"

정진은 지금 가장 먼저 해야 할 일이 무엇인지 상기시켰다.

"아, 죄송합니다. 궁금해서 그만."

정철원이 뒷머리를 긁적였다.

"아닙니다. 일단 부클랜장님은 이곳에서 헌터들을 데리고 정비를 마치신 후에 천천히 제2쉘터까지 전진해 주십시오."

"알겠습니다. 그럼 아케인 클랜에서는……."

정철원은 '설마 여기서 아케인 클랜이 손을 떼려는 것인가' 하는 생각에 말을 흐렸다.

"저희는 아까와 같이 워프 게이트 마법을 써서 바로 제2쉘터로 이동하려고 합니다."

"그렇군요. 제2쉘터를 지나 이곳으로 오고 있는 몬스터들이 아직 있을 수 있으니 그것들을 처리하면서 오라는 말씀이십니까?"

정진의 말에 정철원이 환한 얼굴로 물었다. 정진이 고개를 끄덕였다.

"그렇습니다. 제2쉘터의 분들이 걱정되는 부클랜장님의 마음은 알겠지만, 이곳에 있는 헌터들에게 지시를 내릴 분이 있어야 할 겁니다. 부상당한 분들이 꽤 있으니 정비할 시간도 필요할 거구요. 마법으로 이동할 수 있는 인원이 한정되어 있기도 합니다. 함께 가지 못하는 것뿐이니 너무 섭섭하게 생각하지 마십시오."

"알겠습니다. 그렇게 하겠습니다. 정정진 클랜장님만 믿겠습니다. 제2쉘터의 헌터들을 부탁드립니다."

정철원이 고개까지 숙이며 부탁하자, 그동안 줄곧 차분한 표정이던 정진이 얼굴을 붉히며 손을 내저었다.

"어른께서 너무 좋게 보아주시니 몸 둘 바를 모르겠습

니다.”

“아닙니다. 정정진 클랜장님의 인품은 저보다 더 어른이라고 생각합니다.”

정철원은 진심 어린 미소를 지으며 밝게 이야기하며 다시 한 번 고개를 숙였다.

옆에 있던 이정진은 그 모습을 흐뭇한 심정으로 지켜보고 있었다.

다른 클랜의 부클랜장이 정진에게 존경심을 나타내고 있는 것이 뿌듯하고 기분이 좋았다. 심지어 그는 대한민국 최고의 클랜이라는 엠페러 클랜의 사람이었다.

그동안 사실 세계 최초의 3급 헌터라는 타이틀로 유명 인사가 된 자신에 비해 정진의 능력은 너무 과소평가되곤 해서 마음이 좋지 않았다.

이정진은 마치 자신이 인정받는 것 이상으로 기분이 좋았다.

얼굴이 달아오른 정진은 급히 화제를 돌리려는 듯 이정진에게 말을 걸었다.

“이정진 부클랜장님은 현재 있는 인원 중 정예로만 100명만 뽑아주세요.”

제1쉘터로 올 때는 뉴 서울에 남아 있던 클랜원들까지 합류하여 이동했기에 500명이나 이동해야만 했다.

하지만 제2쉘터로 이동할 때는 그 인원들을 전부 데려갈 수 없었다.

제1쉘터에 남을 엠페러 클랜원들은 정비를 다 마친 후에 도보로 제2쉘터까지 이동할 것이다. 남아 있을 수 있는 몬스터들을 정리하기 위해서였다.

아무리 그들이 정비를 하고 나서 출발할 것이라고는 하지만, 쉘터 밖에서는 무슨 일이 생길지 알 수 없었다.

제1쉘터의 방어는 성공했지만, 쉘터 밖으로 나간 뒤에는 무슨 일이 생길지 알 수 없었다.

비록 이곳에서 방어는 성공을 했더라도, 몬스터 떼에 둘러싸이는 등 갑작스럽게 위험에 처할 경우 헌터들만으로는 대처하기 어려울 것이다. 쉘터의 방어 시스템인 타워의 도움을 받을 수 없기 때문이다.

때문에 정진은 다른 아케인 클랜원들을 후발 부대에 딸려 보내기로 했다.

많은 인원 수로 이동한다면 타워의 도움을 받지 못한다고 하더라도 제2쉘터까지 충분히 이동할 수 있을 것이라 판단한 것이다.

이런 부분은 굳이 입 아프게 말로 하지 않아도 바로 깨닫고 알아서 움직여 줄 사람이 이정진이었지만, 어째선지 이정진은 정진의 말에도 머뭇거리고 서 있었다.

"이제 남은 것은 제2쉘터에 모여 있을 몬스터들뿐입니다. 도망치는 몬스터들도 후발 부대에 맡길 수 있으니 안심하고 싸울 수 있을 겁니다. 부족한 전력은 제가 좀 더 힘을 쓰면 될 거구요."

정진은 이정진이 무엇 때문에 머뭇거리고 있는지도 알고 있었다.

부클랜장이 아닌 형으로서 자신이 힘들어하지는 않을지 걱정하고 있는 것이다.

아무리 자신이 마법으로 상상할 수 없는 일을 해내고, 압도적인 실력을 보여도 이정진은 언제나 정진의 일을 걱정하며 도움을 주려고 했다.

물론 이정진조차 자신에 대해 모르는 부분이 있다.

하지만 자신을 걱정해 주는 마음이 고마워 정진은 그저 미소 지었다.

"형님, 저는 이번 몬스터 웨이브 방어전에서 제 능력의 상당 부분을 공개할 겁니다."

이정진은 그제야 그동안 부클랜장인 자신을 내세우며 나서야 할 때만 나서면서 암중에서 움직이던 정진이 왜 수많은 사람들 앞에 모습을 드러낸 건지 이해할 수 있었다.

더 이상 실력을 숨기고 있을 필요가 없다고 판단했기 때문이다.

헌터 프론티어

"실력을 공개한다라……. 이제 괜찮은 거냐?"

정진이 고개를 끄덕였다.

"전투에서 보인 마법들도 그렇고, 공간 마법으로 이동한 것도 그게 가장 빠르고 쉬운 방법이라는 이유도 있었지만, 제 실력을 선보이기 위해 일부러 공개한 것도 있어요."

"그랬구나. 네가 하는 일이니 확실할 거라고 생각한다만……."

정진은 더는 실력을 드러내지 않고 숨어 있을 생각이 없었다.

이제 자신과 아케인 클랜은 외부의 압력에 좌지우지될까 우려할 필요가 없었다.

정진은 지금부터는 아케인 클랜의 무기를 주변에 드러내야 할 때라고 생각했다. 함부로 할 수 없는 능력을 보여줌으로써 생각이 짧은 이들이 섣불리 달려들지 않도록 경계시켜야 한다.

오히려 계속 능력을 감추고 있다간 공격의 빌미를 제공할 수 있다고 보았다.

실제로 아케인 클랜이 가지고 있는 것들에는 다른 사람들이 욕심낼 만한 것이 많았다.

가장 먼저 매직 웨폰.

헌터들이 쓰는 장비 중에는 매직 웨폰보다 더 좋은 것도 꽤 있다. 아머드 기어가 바로 그것이었다.

하지만 일부 헌터들만 운용할 수 있는 아머드 기어와는 달리 매직 웨폰은 누구나 사용할 수 있다.

들기만 하면 전력을 올릴 수 있었고, 장비에 익숙해지고 무기법을 익히기에 따라 실력을 높이기도 쉬웠다. 아예 아케인에서 마련한 교육장까지 있으니 훨씬 대중적이면서도 합리적이었다.

무엇보다 아머드 기어에 비해 훨씬 저렴했고, 유지비도 별로 들어가지 않았다.

1년 이상 매직 웨폰을 가동하기 위해 필요한 것이 하급 마정석 1개, 무리해서 헌팅을 다니지 않고 효율적으로 사용한다면 그 이상까지도 이용할 수 있다.

매직 웨폰에 장착한 마정석의 에너지가 다 떨어졌을 때에도 마정석을 교체하기만 하면 반영구적으로 사용할 수 있었다.

그에 비해 아머드 기어는 몬스터를 상대하는 데 압도적인 능력을 보이기는 하지만, 그 가격도 터무니없이 비쌀뿐더러 3개월에 한 번씩 주 에너지원인 중급 마정석을 교체해야만 했다.

기체를 이루고 있는 부품들도 자주 정비가 필요한 섬세한 것들이기 때문에, 팀에 아머드 기어를 포함시키기 위해서는 아머드 기어와 드라이버 외에도 아머드 기어를 정비해 줄 수 있는 엔지니어까지 필요했다.

한 번 출격을 할 때마다 정비를 해야 하니 헌팅할 수 있는 시간도 줄어들고, 부피가 크고 무거워 이동이나 보관도 일이었다.

그러니 어떻게 보나 아머드 기어 1기를 운용할 비용으로 전원 매직 웨폰으로 무장하는 것이 헌팅 팀에는 훨씬 유리하고 합리적이었다.

물론 중(重)형 몬스터인 오거처럼 무지막지한 몬스터는 상대하기 힘들다는 단점이 있다.

하지만 이 또한 실력 있는 헌터들이 손발을 맞춰 움직이고, 매직 웨폰을 다루는 실력이 증가하게 되면 충분히 가능하다.

매직 웨폰보다 더욱 위험한 것은 바로 포션이다.

제작법만 알면 전 세계를 쥐고 흔들 수도 있는 포션은 누구나 군침을 흘리며 달려들 만한 것이었다.

포션 또한 정진이 제작했다는 사실이 갈수록 퍼지고 있었기에, 정진은 마침 이대로 둘 순 없겠다고 생각하던 중이었다.

몬스터 웨이브를 준비할 때부터 그는 실력을 보여 주변에 경각심을 심어줘야겠다고 판단하고 준비했다.

압도적인 실력을 선보였으니 한동안 누구도 아케인 클랜을 넘보지 못할 것이다.

이정진은 정진의 자신감 있는 표정을 보며 고개를 끄덕였다.

"알겠습니다. 그럼 간부들과 클랜원들을 적절히 분배하겠습니다."

"저도 나가서 후발 부대의 정비를 시작하겠습니다."

이정진이 몸을 돌려 건물을 빠져나가자, 정철원도 재빨리 자리에서 일어났다.

조금이라도 빨리 정비를 끝내 출발해야 제2쉘터에서 힘겹게 몬스터들을 상대하고 있을 동료들을 한 명이라도 더 구할 수 있기 때문이다.

✝      ✝      ✝

한편 정진이 막 뉴 대전의 몬스터들을 정리했을 무렵, 엠페러 클랜의 제2쉘터는 그때까지도 전투가 한창이었다.

클랜장인 이종훈이 직접 나섰고, 수많은 엠페러 클랜원들과 그들을 지원하기 위해 온 백화 클랜의 헌터들이 방벽 너머에서 밀려드는 몬스터들에 맞섰다.

하지만 대한민국 최고의 헌터 클랜이라 이름 높은 엠페러 클랜의 명성에 걸맞지 않게, 제2쉘터의 모습은 처참하기 이를 데 없었다. 너무도 많은 헌터들이 끝없이 밀려오는 몬스터들에 의해 희생되었다.

제2쉘터가 열악한 환경 속에서도 악착같이 지금껏 버틸 수 있던 것은 이곳에 모여 있는 헌터들이 모두 똘똘 뭉쳐 싸우고 있기 때문이었다.

몬스터 웨이브가 닥치기 직전, 백화 클랜과 아케인 클랜에서 지원군이 도착하지 않았다면 지금까지 제2쉘터를 방어해 내지 못했을지도 몰랐다.

하지만 그것도 이제는 한계였다.

밀려드는 몬스터들을 상대하기 위해서는 많은 전력이 필요했다. 결국 쉘터 수용 인원의 몇 배나 되는 인원이 들어가야 했다.

전투를 마치고 쉴 수 있는 공간은 물론, 부상자들을 눕힐 공간조차 없을 정도였다. 의약품이나 식량, 소모품들도 너무 부족하여 허덕이고 있었다.

결국 제대로 먹지도 못하고 쉬지도 못한 헌터들은 부상도 완전히 치료받지 못한 채, 부족한 화살마저 아껴가며 싸우고 있었다. 전투가 길어질수록 죽거나 중상을 입는 헌터도 늘어났다.

제2쉘터의 헌터들은 하나같이 지친 기색이 역력한 모습이었고, 그것은 지휘소에 있는 간부들 또한 마찬가지였다.

"이대로는 안 되겠습니다."

엠페러의 클랜장인 이종훈이 심각한 표정으로 회의장에 모인 사람들을 보며 말했다. 다른 이들도 모두 그에 동의하듯 고개를 주억거렸다.

"맞아요. 이 상태로는 헌터들만 더 힘들어질 뿐이에요."

백화 클랜의 백장미도 피곤한 얼굴로 동조했다.

쉘터의 크기가 좀 더 컸더라면 하는 아쉬움에 모두들 한숨을 내쉬었다.

엠페러 제2쉘터는 제1쉘터와 마찬가지로 최대 수용 인원이 500명에 불과한 소형 쉘터였다.

그런데 4천이 넘는 헌터들이 모여 있다 보니 발생하는 문제가 한두 가지가 아니었다.

전투 중 부상당한 사람들을 우선적으로 수용하도록 신경 쓰다 보니, 당장 전투에 나가야 하는 헌터들이 쉬고 정비할 수 있는 공간이 없었다. 그러는 와중에도 부상자는 계속 발생했고, 헌터들은 피로를 호소했다.

제2쉘터의 헌터들은 쉘터 밖에서 달려드는 몬스터뿐만 아니라 쉘터 내에 있는 다른 헌터들도 신경 써야만 했다.

불만이 쌓인 상태에서 다른 클랜의 헌터들끼리 충돌하면

내부적으로 피해가 발생할 수도 있는 상황인 것이다.

"대체 어떻게 해야……."

간부들은 모두 머리를 감싼 채 한숨을 내쉬었다.

우웅.

그때, 한쪽에서 작은 소음이 들려오기 시작했다.

작지만 이 자리에 있던 사람들의 시선을 모으기에는 충분했다. 소리는 지친 얼굴로 자리에 앉아 있던 정은의 품속에서 들려오고 있었다.

"무슨 일입니까?"

상석에 앉아 있던 이종훈이 어리둥절한 얼굴로 정은을 바라보았다.

정은은 재빨리 품속에 손을 넣어 자신의 수정구를 꺼냈다. 뿌연 연기로 가득한 수정구는 작은 빛을 내며 진동하고 있었다.

"통신이 들어왔습니다. 잠시 실례하겠습니다."

정은은 얼른 수정구를 테이블 위에 올려놓고 마력을 주입했다.

그러자 수정 속 연기가 걷히며 정진의 모습이 떠올랐다.

무슨 일인가 지켜보고 있던 간부들은 눈을 크게 뜨며 수정구를 뚫어져라 바라보았다.

"오빠!"

정은이 반갑게 외치자, 수정구 속 정진이 차분한 얼굴로 물었다.

— 엠페러 쉘터 쪽에 있다고 들었어. 그곳 상황은 어때?

"여긴 아직 괜찮아! 그런데 몬스터가 아직도 많이 남았어. 인원이 너무 많아서 물자가 너무 부족한 거 같아. 오빠 쪽은 어때?"

— 난 지금 뉴 대전에 있어. 뉴 서울 쪽하고 여긴 모두 끝났어. 물자는 내가 그쪽으로 가져갈 테니까 걱정하지 마. 정수도 같이 있어?

"아니, 정수는 엠페러 클랜의 제1쉘터 쪽에 있어. 연락은 안 닿았는데, 아마 그곳 상황도 여기랑 비슷할 거 같아."

정진은 뭔가 잠시 생각하는 듯하더니, 이내 입을 열었다.

— 비슷하다면… 정수가 있는 제1쉘터 쪽이 먼저겠다.

"제1쉘터 쪽이 많이 어렵대?"

정은이 걱정스러운 얼굴로 묻자, 정진이 고개를 저었다.

— 제1쉘터랑 그쪽하고는 거리가 있으니까 말이야. 제2쉘터부터 정리했다간 몬스터들이 제1쉘터로 몰려갈지도 몰라.

"그렇구나."

— 어렵겠지만 조금만 더 버텨줘라. 금방 처리하고 그쪽

으로 갈게. 나도 이제 능력을 숨기지 않을 테니 아마 오래 걸리진 않을 거야. 이전에 만든 익스플로전 구슬을 몇 개 먼저 보낼 테니까, 위험해지면 그걸 써. 사용법은 알고 있지?

"알았어. 여긴 걱정하지 마."

— 그래. 내가 그쪽으로 워프 게이트를 열 테니까, 엠페러 쪽 책임자 분한테 부탁해서 연결할 만한 곳을 확보해 줘. 넓으면서 안전한 곳으로.

"알았어. 준비되는 대로 다시 연락할게. 그럼 조금 이따 봐."

— 그래.

통신이 끝나고, 고개를 들자 놀라운 소식에 입을 다물지도 못하고 수정구를 보고 있던 간부들의 얼굴이 눈에 들어왔다.

"들으셨겠지만, 지금 뉴 대전 쉘터에 계신 저희 클랜장님이 제1쉘터와 이쪽을 지원하신다고 합니다."

정은이 말을 꺼내자, 이종훈이 곧바로 나섰다.

"넓고 안전한 공간이 필요하시다구요."

"네. 바로 좀 부탁드립니다."

"중앙 건물 아래에 있는 지하 홀이면 될 것 같습니다. 최성준 전무님이 좀 수고해 주세요."

"예. 바로 전하겠습니다."

최성준이 벌떡 일어서서 쏜살같이 지휘소를 뛰쳐나갔다.

바로 지시를 내린 뒤에야 이종훈이 어안이 벙벙한 얼굴로 정은에게 물었다.

"놀랄 일이 너무 많아서 놀라기도 힘들군요. 뉴 서울과 뉴 대전의 소식에, 생각지도 못한 원거리 통신 기기라니……. 그것도 아케인 클랜에서 만들어낸 아티팩트인가 보군요."

정은이 감탄하는 이종훈을 향해 미소를 지었다.

"제가 들은 게 맞는지 모르겠습니다만, 아케인 클랜장님이 쓰시는 그 마법이란 걸로 공간을 뛰어넘는 것도 가능한 겁니까?"

이종훈의 질문에 조금 고민하던 정은은 더 이상 실력을 감추지 않겠다는 정진의 말을 떠올리곤 고개를 끄덕이며 입을 열었다.

"네. 아마 제1쉘터의 몬스터들을 먼저 정리한 후에 그쪽에서 곧장 이곳으로 통하는 게이트를 열 것 같습니다."

정은 자신 또한 블링크 같은 단거리 공간 이동 마법은 사용할 수 있었다.

하지만 공간 이동 마법의 위험성에 대해 정진은 누누이 강조했다. 꼭 필요한 경우가 아니라면 공간 이동 마법을 함부로 사용하면 안 된다고도 배웠다.

그래서 한정된 공간에서만 블링크 마법을 수련한 적 있을 뿐, 실전에서는 아직 써본 적이 없었다. 당연히 텔레포트나 워프 게이트도 마찬가지였다.

다만 마법을 수련하면서 공간 이동 마법에 대해 이론적으로는 배웠기에 정진이 그렇게 할 것이라고 추측할 뿐이었다.

"게이트라니, 제가 아는 그 게이트 말입니까? 다른 공간으로 가는 문을 열 수 있다구요?"

이종훈이 펄쩍 뛰며 물었다.

"저는 어렵지만, 클랜장님은 가능하십니다. 다만 익히 알고 계시는 뉴 서울이나 뉴 대전의 게이트는 '디멘션 게이트'라는 차원을 잇는 게이트입니다. 클랜장님께서 쓰시려는 건 공간 사이를 뛰어넘는 '워프 게이트'로, 그것과는 다른 마법이지만 공간을 순식간에 이동할 수 있는 마법인 건 맞습니다."

정은이 설명했지만, 이종훈이나 자리에 있던 다른 간부들에게는 그게 그거였다.

그때, 뭔가 생각하던 이종훈이 문득 물었다.

"그럼 이쪽에서도 제1쉘터 쪽으로 갈 수 있습니까?"

그러자 정은은 금방 답하지 못하고 고민에 빠졌다.

공간 이동 마법에는 여러 가지 종류가 있다.

그중에는 방금 이종훈이 말한 것처럼 양방향으로 이동할 수 있는 것도 있고, 시전자가 선택한 방향으로 이동하는 것도 있다. 단발성으로 이루어지기도 하고, 마력을 공급하는 한 계속 유지되기도 한다.

고민하던 정은이 어렵게 대답했다.

"확인해 보아야겠지만, 아마 그럴 겁니다. 양방향 이동이 가능한 워프 게이트 쪽이 더 안전하기 때문입니다. 다만 뉴 대전 쉘터와 이어질지 아니면 제1쉘터와 이어질지는 모르겠습니다."

"그렇군요. 그럼 그 워프 게이트란 것이 열리면 이곳에 있던 사람들이 제1쉘터 쪽으로 가는 것도 가능하다는 거죠?"

이종훈이 확인하듯 묻자, 정은이 고개를 끄덕였다.

그때, 지휘소 문을 벌컥 열며 최성준이 들어왔다.

"지하 홀에 있던 사람들은 모두 이동시켰습니다."

"그럼 저는 지하 홀로 이동해서 바로 다시 연락하겠습니다."

정은이 품속에서 다시 수정구를 꺼내 들며, 자리에서 일어섰다. 게이트가 생성될 지하 홀에 워프 게이트 마법진을 그려야 한다.

"같이 가시죠."

앉아 있던 이종훈이 정은을 따라 벌떡 일어서자, 현장을 통제하기 위해 남아야 하는 몇 명을 제외한 다른 간부들도 우르르 일어서서 지하로 향했다. 게이트를 연다는 말에 호기심이 생긴 것이다.

지하로 내려가는 동안, 뭔가 고민하는 듯하던 이종훈이 문득 물어왔다.

"혹시 저도 정정진 클랜장과 이야기해 볼 수 있겠습니까?"

정은이 선선히 고개를 끄덕였다.

"수정구 쪽으로 가까이 오셔서 그냥 말씀하시면 됩니다."

지하 홀에 도착한 정은은 곧바로 수정구에 마력을 주입하기 시작했다. 이종훈은 얼른 정은의 옆으로 다가왔다.

정은이 손을 대고 있는 수정구가 빛을 내며 작게 진동하고, 연기가 걷히며 정진의 모습이 비쳤다.

— 응, 정은아.

"여기는 준비 끝났어."

고개를 끄덕인 정진이 워프 게이트의 마법진의 영상을 수정구에 띄웠다.

"바로 그릴게. 그리고 엠페러 클랜장님이 오빠한테 하실 말씀이 있다셔."

— 나한테?

수정구 속의 정진이 고개를 갸웃거렸다.

옆에 서 있던 이종훈이 수정구 쪽으로 다가서며 얼른 말했다.

"오랜만입니다, 정정진 클랜장님."

— 네, 건강해 보이셔서 다행입니다. 무슨 일이십니까?

이종훈은 같은 클랜장이라고 해도 거의 정진의 아버지뻘 되는 나이의 선배였다. 정진은 수정구로나마 정중히 고개를 숙이며 그에게 인사했다.

그리고 그사이 정은은 재빨리 매직 카피를 이용해서 홀 바닥에 마법진을 그리기 시작했다.

"여쭤보고 싶은 게 있는데, 혹시 이 워프 게이트라는 마법을 통해 이곳에서 다른 쪽으로 사람들을 보낼 수도 있습니까?"

이종훈은 혹시나 하는 마음에 정진에게 확인차 다시 물었다.

— 예, 가능합니다.

그러자 이종훈이 수정구 쪽으로 고개를 숙이며 말했다.

"그럼 부탁드립니다. 지금 이곳에 부상자가 정말 많습니다. 빨리 치료를 받지 않는다면 심각한 후유증에 시달리게 될지도 모릅니다. 그 게이트를 통해 부상자들을 이동시킬 수 있겠습니까?"

─ 부상자가 많습니까?

"부상자의 수도 많지만, 헌터들이 있을 공간이 부족합니다. 부상자들을 수용할 수 있는 병동과 아머드 기어들을 정비할 센터까지 가득 찼습니다."

─ 총 인원은 얼마나 됩니까?

"총원 파악은 아직 되지 않았지만, 1,000명 이상이 될 겁니다."

고개를 끄덕인 정진은 제1쉘터의 책임자인 정철원을 돌아보았다. 옆에서 통신을 듣고 있던 정철원이 연신 고개를 끄덕였다.

─ 알겠습니다. 그럼 우선 부상자들이 이동할 수 있게 준비해 주세요. 수용할 수 있는 시설이 있는지 확인한 뒤, 부족하면 이쪽에서 뉴 대전으로 통하는 게이트를 활성화시키겠습니다.

"감사합니다."

정진의 대답에 이종훈이 다시 한 번 고개를 숙이며 감사 인사를 했다.

제2쉘터의 지휘소에 모여 있던 엠페러 클랜의 간부들은 저마다 가슴이 먹먹해지는 것을 느끼며 눈시울을 붉혔다.

부상당해 누워 있는 동료들이 내심 걱정되었는데, 뜻밖에 워프 게이트를 통해 부상자들을 이송할 수 있게 된 것이다.

마찬가지로 찡해지는 눈가를 훔치던 이종훈이 외쳤다.

"부상자들에게 제1쉘터가 정리되는 대로 그쪽으로 이동한다고 알리고, 거동할 수 없는 사람들을 구분해서 후송할 준비를 한다. 움직여!"

클랜 간부들이 우르르 지휘소를 뛰쳐나갔다.

"다행이다."

이종훈이 중얼거렸다.

부상자들이 치료받을 수 있게 된 것도 정말 다행한 일이지만, 워프 게이트를 통해 사람들을 이동시키는 것으로 얻을 수 있는 이득은 그뿐만이 아니다.

만약 쉘터 내에 헌터들이 쉬고 정비할 수 있는 공간을 확보한다면 전력을 운용하기가 쉬워질 것이다.

그동안 발 디딜 틈 없이 빽빽한 쉘터 내 공간과 부족한 물자로 인해 작전을 원활히 진행할 수 없었다. 하지만 지원군과 보급품이 도착하면 이야기가 달라진다.

무엇보다 몬스터와의 전투로 부상당한 사람이 옆에서 치료도 제대로 받지 못한 채 끙끙 앓고 있을 때와 그렇지 않을 때, 헌터들이 사기가 언제 높아질지는 굳이 생각해 보지 않아도 알 수 있는 사실이었다.

이종훈은 정은과 대화하고 있는 수정구 속 정진의 얼굴을 조용히 바라보았다.

잠시 후, 마침내 완성된 마법진 위에 워프 게이트가 생겨났다. 곧바로 정진의 모습이 게이트 속에서 나타났다.

"오빠!"

정진은 반가운 얼굴로 달려오는 정은을 맞이하며 옆으로 비켜섰다.

그 뒤로 배낭을 멘 이정진을 비롯한 아케인 클랜원들이 걸어 나와, 지하 홀의 계단 근처에 보급품들을 우르르 쏟아내기 시작했다.

정진은 그제야 정은을 돌아보았다.

"괜찮아? 어디 다친 덴 없어?"

사실 가장 안전한 곳인 타워에서 전투를 벌이는 그녀가 다칠 일은 전혀 없었다. 그래도 정진은 조금 푸석해진 정은의 얼굴을 보며 안쓰러운 표정을 지었다.

"난 괜찮아."

"오랜만입니다, 정정진 클랜장님."

어느새 다가온 이종훈이 인사를 해왔다.

정진도 마주 고개를 숙였다.

"인사가 늦었군요. 보급품들은 일단 전부 가져왔습니다."

"지원해 주셔서 감사합니다."

이종훈이 환한 얼굴로 고개를 끄덕였다.

"그리고 이것은 익스플로전 구슬이라는 아티팩트입니다. 사용법은 정은이에게 물어보시면 될 겁니다."

정진이 뉴 대전 쉘터에서 만든 익스플로전 구슬들이 든 주머니를 이종훈에게 건네주었다.

"바로 제1쉘터를 지원해야 하니 전 이만 가보겠습니다. 부상자들의 경우는 제1쉘터의 전투가 모두 끝나는 대로 연락드릴 테니, 가까운 장소에서 대기시켜 주시기 바랍니다. 그리 오래 걸리지는 않을 겁니다."

"알겠습니다. 건투를 빌겠습니다."

말을 마친 정진은 정은을 한 번 돌아보고, 클랜원들과 함께 곧장 게이트 너머로 다시 사라졌다.

✝      ✝      ✝

엠페러 제2쉘터의 지하 홀.

제1쉘터의 전투가 끝났다는 소식에 부상자들을 비롯한 제2쉘터 사람들이 모여 마법진을 바라보고 있었다.

워프 게이트에서 빛이 쏟아져 나오며 정진이 성큼 걸어 나왔다. 뒤이어 이정진과 중무장한 아케인 클랜의 정예 100명이 줄지어 빠져나왔다.

제1쉘터에서의 전투가 끝나자마자 간단한 정비만을 끝내

고 바로 제2쉘터로 이동한 것이다.

한쪽에 서 있던 이종훈이 정진 쪽으로 다가왔다.

"어서 오세요."

정진은 가볍게 목례한 뒤 곧바로 말했다.

"부상자 분들은 저희 클랜원들이 모두 빠져나가고 나면 차례로 게이트로 들어가시면 됩니다."

"알겠습니다."

이종훈은 게이트로 넘어온 아케인 클랜원들을 차례로 방벽 위로 통하는 계단 위로 올려 보내고, 부상자들이 무사히 게이트를 넘어가도록 지시하기 시작했다.

중앙 건물의 바깥 광장에 대기하고 있던 부상자들은 일부 엠페러 클랜원들의 부축을 받아 줄지어 게이트 안으로 이동했다. 위급한 일부 환자들은 들것에 실려 이동되었다.

"상황은 어떻습니까?"

잠시 부상자들이 이동하는 것을 지켜보며 워프 게이트의 움직임을 살피던 정진이 이종훈에게 물었다.

"……."

이종훈은 금방 대답하지 못하고 주변의 눈치를 살폈다.

이곳에서 말할 수 없는 이야기가 있음을 눈치챈 정진이 고개를 끄덕였다.

정진은 워프 게이트의 마법진을 조금 손보았다.

그리고는 품속에서 마정석 한 개를 꺼내, 워프 게이트 마법진 한쪽에 설치했다. 이제 마정석에 있는 에너지가 모두 소모될 때까지 굳이 마력을 주입하지 않더라도 워프 게이트는 유지될 것이다.

"마법을 조금 바꿨습니다. 계속 이동하시면 됩니다."

부상자들을 향해 말한 정진이 이종훈을 돌아보았다. 이종훈이 금방 정진의 의도를 이해하고 앞장섰다.

"일단 이동하시죠."

이종훈은 정진을 방벽 위 지휘소 쪽으로 통하는 계단 쪽으로 안내했다.

계단을 오르면서 이종훈이 소리를 낮춰 이야기했다.

"사실 별로 좋지 않습니다. 저희한테 주신 아티팩트를 이용해서 몬스터들을 방벽에서 밀어내는 데는 일단 성공했습니다만……."

정진은 고개를 끄덕였다.

익스플로전 구슬로 시간을 끌 수는 있었겠지만, 그리 큰 기대는 하지 않았다. 아무리 대단한 위력을 가지고 있다고는 하지만 그것만으로 전황을 뒤바꾸기는 어렵다.

# Chapter 7
## 엠페러 쉘터 방어전

엠페러 클랜의 제2쉘터는 빠르게 전력을 정비하기 시작했다.

몬스터와의 전투에서 부상을 당했거나, 부상을 입지는 않았지만 더 이상 전투를 치를 수 없는 이들은 모두 워프 게이트로 연결된 엠페러 클랜의 제1쉘터로 이동을 하였다.

부상을 당하진 않았지만 전투를 할 수 없는 사람이란 바로 엠페러 클랜과 백화 클랜의 아머드 기어 드라이버들이었다. 그중에서도 계속된 전투로 인해 아머드 기어가 더 이상 전투를 치를 수 없을 정도로 망가진 일부 드라이버들은 부상자들과 함께 제2쉘터로 이동했다.

아머드 기어가 망가졌다고 해서 누구 하나 이들을 비난하거나 비하하는 이들은 없었다. 그것은 아머드 기어가 망가질 정도로 치열한 전투를 벌였음을 의미하는 영광의 상처와 같았다.

부서진 아머드 기어들은 한쪽으로 치우고, 부상자를 비롯한 인원이 대거 제1쉘터로 이동하자 그동안 너무 많은 헌터들로 북적이던 엠페러 클랜의 제2쉘터는 조금이나마 여유로워졌다.

좁은 공간과 적은 물자로 허덕이던 헌터들도 어느 정도 여유를 가질 수 있게 되었다.

하지만 아직도 제2쉘터의 수용인원의 두 배나 되는 헌터들이 남아 있었다. 그들은 모두 지쳐 있었지만 몬스터들에 맞서 싸우기 위한 준비를 게을리 하지 않았다.

†      †      †

엠페러 제2쉘터의 몬스터 웨이브 비상 대책 본부.

지휘소에 도착한 정진과 이종훈이 자리에 앉자, 여기저기 뛰어다니며 명령을 전달하고 있던 일부 간부들이 남은 자리에 와 앉았다.

정진은 가능한 몬스터 웨이브를 조속한 시일 내로 마무리 짓기 위해 먼저 남은 전력을 파악해야 할 필요성을 느꼈다.

막 제2쉘터에 도착한 그로서는 아무리 이종훈에게 조금 들었다고는 하지만 자세한 상황까지는 파악할 수 없었다.

"현재 남은 전력이 어떻게 됩니까?"

정진은 엠페러 클랜의 클랜장인 이종훈을 쳐다보며 남은 전력에 대해 물었다.

그러자 엠페러 클랜의 전무인 최성준이 대신 답변해 왔다.

"현재 부상자와 전력 외로 분류된 이들이 모두 제1쉘터로 이동했기에 남은 전력은 엠페러 클랜 소속 헌터가 총 893명, 그중 아머드 기어 드라이버는 저를 포함해 489명입니다. 지원을 와주신 백화 클랜에는 347명의 헌터가 남아 있고, 아머드 기어 드라이버는 그중 153명입니다. 그리고 아케인 클랜은 클랜장님을 포함해 헌터가 347명입니다."

"……."

모두가 침묵하는 가운데 최성준이 다시 정리를 했다.

"총원 1,287명의 헌터이며, 그중 아머드 기어 드라이버는 모두 642명입니다."

말을 마친 최성준 전무는 조용히 자리에 앉았다.

그것을 신호로, 자리에 모여 있던 엠페러와 백화 클랜의 사람들 사이에서 약간의 소요가 일어났다.

이전에 비해 전력이 거의 절반 가까이 줄어들었기 때문이다. 총원 수로 따지면 지원군으로 온 아케인 클랜의 수를 감안하더라도 3분의 1에도 못 미치는 수였다.

부상자를 비롯한 인원이 무사히 제2쉘터를 빠져나간 것까지는 좋았으나, 희생자도 많았던 탓에 예상보다 훨씬 많은 수가 줄어든 것이다. 걱정이 되지 않을 수 없었다.

그나마 아머드 기어들은 3분의 2 정도의 수가 남았지만, 그들은 하나같이 불안한 기색을 감추지 못했다.

안 그래도 몬스터들에게 밀리고 있는데, 수로 해결될 일이 아니라고 하나 전력이 줄어드니 순식간에 패배하는 게 아닌가 싶은 생각마저 들었다.

정진은 불안한 얼굴로 앉아 있는 그들을 가만히 바라보고 있었다.

그러나 이제 와서 이곳을 포기할 수는 없었다. 수많은 사람들이 목숨을 걸고 지켜온 장소였다. 겁이 난다고 해서 동료들의 희생을 헛되이 할 수는 없는 일이다.

걱정 일색이던 사람들은 이내 불안감을 애써 털어버리곤 표정을 바로 했다.

정진은 사람들의 결연한 얼굴을 보며 속으로 살짝 미소 지었다.

"감사합니다. 혹시 앞으로 쉘터 밖에 모여 있는 몬스터를 어떻게 처리할지에 대한 구체적인 대책은 있습니까?"

정진은 회의장에 모인 사람들을 하나씩 돌아보았다.

아직 이곳에 온 지 얼마 되지 않았으니, 이미 계획이 있다면 미리 들어보고, 새롭게 끼어들어 계획을 망치는 일이 없도록 조율해야 할 것이다.

그러나 대부분의 사람들은 침중한 표정으로 고개를 저을 뿐이었다.

사실상 아무리 생각해도 대책이 나올 수가 없었다.

쉘터 밖에 있는 몬스터들은 초과 인력에 허덕이던 제2쉘터에서도 상대하기 버거울 정도의 수였다.

때문에 전투가 길어질수록 가랑비에 옷 젖듯이 체력과 보급품만 낭비될 뿐, 몬스터의 숫자가 좀처럼 줄지 않았다.

그런데 전력이 절반으로 떨어졌으니, 가뜩이나 오랜 전투로 지친 헌터들을 데리고 남은 몬스터들을 전부 어떻게 처리한단 말인가.

빨리 대책을 세워야 한다는 것은 알지만, 간부들은 모두 골머리를 앓고 있었다.

"좋은 수가 나오지 않아 모두 모여 대책을 세우던 중이었습니다. 혹시라도 정정진 클랜장님께 좋은 의견이 있으시면 말씀해 주시기 바랍니다."

이종훈이 정진에게 묻자, 다른 이들도 모두 조금 기대 어린 얼굴로 정진을 돌아보았다.

아케인의 클랜장은 몬스터 웨이브가 시작되기 전부터 위 저드 아이란 것을 뉴 어스 곳곳에 설치해 몬스터들의 위치 를 사전에 파악하는 엄청난 일을 해냈다.

이후 몬스터 웨이브를 방어하는 중에도 지원군을 보내주는 등 많은 도움을 받았고, 뉴 서울에서는 희생자를 최소화하면 서도 가장 빠르고 성공적으로 몬스터 웨이브를 막아냈다.

거기다 불과 며칠 만에 뉴 대전과 엠페러 제1쉘터의 방어 전까지도 승리로 이끈 것이다.

간부들은 그가 어떤 대책을 내주지 않을까 기대하며 정진 을 바라보았다.

그리고 간부들과는 조금 다른 시선으로 정진을 바라보고 있는 한 사람이 있었다.

바로 백화 클랜의 클랜장인 백장미였다.

백장미는 몬스터 웨이브가 예고되었을 때부터 정진과 어 떻게 하면 좋을지에 대해 논의했다.

몬스터 웨이브의 진행 방향을 알게 된 이후, 백화 클랜이 소유한 쉘터 쪽에는 영향이 없을 것임을 알게 되었다. 그리 하여 정진은 아케인 클랜원들을 데리고 뉴 서울로, 백장미 는 몬스터 웨이브가 닥치기 전 뉴 대전 쪽으로 왔다.

뉴 대전에 있던 백장미는 이익을 챙기기 바쁜 각 클랜 대 표들의 모습에 염증을 느끼고, 뉴 대전을 향하는 몬스터 웨이브의 범위에 들어가는 엠페러 쉘터를 지원하는 것이 더 나을 거라고 생각했다.

클랜원들을 데리고 각각 제1, 제2쉘터로 나누어 출발하려는 백장미를 붙잡은 것은 이정진이었다.

마찬가지로 간부들의 모습을 보고 몬스터 웨이브가 본격적으로 닥친 이후를 걱정하고 있던 이정진이 백장미에게 정은과 정수를 엠페러 쉘터 쪽으로 데려가 달라고 부탁한 것이다.

백장미는 뉴 대전과 가까워 비교적 안전할 것으로 보이는 제1쉘터에 어린 정수를 보내고, 정은과 함께 직접 제2쉘터로 왔다. 제2쉘터로 온 뒤에도 후방에서 지원하는 정은이 무리하고 있지는 않은지 확인하며 신경 써주었다.

그리고 지금은 신화와 같은 엄청난 사건을 몰고 온 정진을 보게 되었다.

비록 자신보다 나이는 어리지만 이미 오래전 그에게 마음을 뺏겨 버린 백장미는 다른 사람의 시선도 의식하지 않고 정진을 넋 놓고 쳐다보았다.

하지만 지금 이 자리에 있는 사람들 중 누구 하나 백장미의 생각에 신경 쓰고 있는 사람은 아무도 없었다.

"이렇게 하면 어떻겠습니까?"

정진은 제2쉘터로 오기 전 제1쉘터에서 엠페러 클랜의

부클랜장인 정철원과 이야기한 작전에 대해 설명하기 시작했다.

설명이 끝나자, 백화 클랜의 간부 한 명이 손을 들었다.

"전 백화 클랜의 이화선입니다. 질문 하나 해도 되겠습니까?"

"예, 말씀하십시오."

정진이 선선히 고개를 끄덕였다.

그러자 조금 걱정스러운 얼굴의 이화선이 말을 꺼냈다.

"조금 전에 몬스터가 운집되어 있는 곳에 강력한 공격을 하여 몬스터를 한순간 무력화시킬 것이라고 하셨는데, 어떻게 한다는 것인지 구체적인 방법을 알려주셨으면 합니다. 몬스터들을 한 번에 전부 꼼짝 못하도록 만들 수 있는 방법이 정말 있습니까?"

정진이 설명한 내용은 제1쉘터로부터 정철원이 후발 부대를 이끌고 남아 있는 몬스터들을 정리하며 내려올 것이라는 것과, 제1쉘터에서와 동일하게 자신이 몬스터를 한순간 경직시켰을 때 쉘터의 문을 나가 처리하는 작전이었다.

하지만 정진의 능력에 대해 잘 아는 아케인 클랜의 간부들을 제외한 다른 사람들은 그 이야기를 쉽게 이해하지 못했다.

저 많은 몬스터들을 잠시라도 무력화시킬 수 있는 대단위 공격이 정말 있단 말인가?

"그 부분은 걱정하지 않으셔도 됩니다. 제가 마법이란 뉴어스의 특별한 능력을 가졌다는 것은 알고 계실 겁니다."

자신을 바라보는 사람들의 의문 어린 표정을 이해한 정진이 조금 더 자세히 설명하기 시작했다.

"마법은 여러 속성을 가지고 있습니다. 제가 쓸 수 있는 마법 중에는 타워에 존재하는 라이트닝 볼트 마법과 같이 번개, 즉 전기의 힘을 가진 마법들이 있습니다. 마법의 종류에 따르지만, 이를 이용해 몬스터들을 무력화시킬 수 있습니다."

정진의 말을 이해한 간부들이 그제야 고개를 끄덕였다.

"그렇군요. 몬스터들을 감전시켜 경직시킨다는 말씀이십니까?"

이화선은 자신이 이해한 것이 맞는지 다시 한 번 물었다.

"맞습니다. 다만 마법에 적중되었다고 하더라도 경직되어 있는 시간에는 한계가 있습니다. 마비가 풀리기 전에 어느 정도 몬스터들을 처리했다 싶으면 바로 돌아오셔야 합니다. 자칫하면 회복한 몬스터들에게 포위되어 위험해질 수 있습니다."

정진은 자리에 모여 있는 이들에게 단단히 주의를 주었다.

제1쉘터에서 상당한 희생자가 나온 것은 바로 이런 부분을 제대로 경계하고 있지 않았기 때문이었다.

바로 이어질 제2쉘터의 지원을 생각하여 정진이 마법을 그리 사용하지 않기도 했지만, 몬스터들의 경직이 서서히 풀리고 위험이 느껴지기 시작하는 순간까지도 몬스터들을 공격하던 헌터들이 꽤 많았다.

방벽 위쪽에서 명령을 내리기보다 난전 속에서 직접 싸우고 있는 헌터들이 위험을 느끼고 몸을 돌리는 것이 빠를 것이라 생각해 특별히 후퇴 명령을 내리지 않은 것 또한 실수였다.

아무리 정진이 8클래스의 경지에 올랐고, 타워의 도움을 받을 수 있다고 하더라도 한계는 명확했다.

"조금 수고롭더라도 방벽을 나섰다 돌아오기를 몇 번 반복하면 별다른 피해 없이 몬스터를 처리할 수 있습니다. 남쪽으로 내려간 몬스터는 따라가지 마십시오. 그것들은 제1쉘터에서 출발하는 후발 부대 쪽에서 처리해 줄 겁니다."

정진은 한 번 더 강조하며 간부들을 돌아보았다.

"과욕은 좋지 않습니다. 다들 알고 계시겠지만, 방어를 하면서도 저들을 모두 섬멸해야 하는 저희 입장에서는 희생을 최대한 줄이는 것이 진짜 승리입니다."

✝      ✝      ✝

　간부들로부터 작전을 전달받은 헌터들은 각자 부대를 나누어 정렬한 뒤 대기하고 있었다.

　각 헌터들은 모두 성문으로 통하는 광장에 집결해 있었다.

　아머드 기어 드라이버들이 선두에 서고, 일반 헌터들은 모두 그 뒤에 자리 잡았다.

　아머드 기어들이 성문을 나간 뒤 복귀하고 있을 때, 뒤쪽으로 따라붙는 몬스터들을 저지하기 위해서였다.

　혹시라도 퇴각하는 아머드 기어를 따라 몬스터가 쉘터 안으로 들어오게 된다면 큰 혼란이 일어날 수 있었다.

　현재 쉘터에 있는 인원이 몬스터들의 숫자에 비해 너무도 열세이기 때문이었다.

　아머드 기어들을 운용할 수 있는 시간에 한계가 있는 만큼, 성문 밖에서 몬스터들을 한 번 몰아친 뒤 다시 물러나 정비하고, 준비가 끝나는 대로 다시 성문을 나가는 일을 반복할 예정이었다.

　아머드 기어를 수리할 엔지니어들도 지급된 보급품과 새 부품들을 쌓아두고 광장 한쪽에서 대기하고 있는 상태였다.

　작전 신호가 내려지기 전까지 새로 지원 온 아케인 클랜의 헌터들과 원거리 공격을 할 헌터들이 방벽 위에서 몰려오는 몬스터들을 막고 있었다.

처음 작전을 전달받았을 때, 헌터들은 모두 과연 이런 작전으로 몬스터들을 상대할 수 있을까 잠시 의문을 품었다.

그리고 그 의문은 곧 사라졌다.

제2쉘터에 있던 헌터들은 워프 게이트를 통해 보급품이 전달된 이후, 소모품들을 전달받고 방치되어 있던 부상을 치료받으면서 몬스터 웨이브가 닥친 이후 어떤 일이 있었는지 모두 들었던 것이다.

처음에는 반신반의했지만, 뉴 서울과 뉴 대전, 제1쉘터까지 이어진 정진과 아케인 클랜원들의 활약상은 소문이라 치부하기에는 너무 구체적이었다. 누구에게서 들든 똑같은 대답이 돌아오니 믿을 수밖에 없었다.

거기다 정진이 보급품과 함께 전달한 익스플로전 구슬도 헌터들이 아케인 클랜을 믿도록 만드는 데 한몫했다.

수가 많지는 않았지만, 익스플로전 구슬의 놀라운 위력 탓에 정진이 제1쉘터의 몬스터들을 상대하는 동안 지친 상태에서도 몬스터들을 어느 정도 밀어낼 수 있었던 것이다.

사실 작전대로 움직이기에는 제2쉘터에 남아 있는 아머드 기어의 숫자가 다소 부족한 감이 없지 않았다.

하지만 아무리 정진이나 아케인 클랜의 헌터들이 도와준

다고 할지라도 1,000기가 채 되지 않는 아머드 기어로 2만에 가까운 몬스터들을 처리할 수 있을 것인지는 회의감이 들 수밖에 없다.

그래서 이종훈은 아직 움직이고 있는 워프 게이트를 통해 제1쉘터에 있던 일부 아머드 기어 드라이버들을 제2쉘터로 불러오기로 했다.

보유하고 있던 아머드 기어들이 파괴되었거나 고장이 난 드라이버들이었다.

그들은 바로 보급품을 전달받을 당시 쉘터 내 공간을 확보하고 부상자들을 후송하기 위해 일단 제1쉘터로 보냈던 드라이버들이었다.

드라이버가 부상당해 방치된 여분의 아머드 기어들을 운용하도록 한 것이다.

거기에 부클랜장인 정철원과 이야기하여 제1쉘터로부터 당장 운용할 수 있는 아머드 기어 58기를 더 전달 받을 수 있었다.

정비 후 곧 출발해야 할 제1쉘터의 후속 부대도 아머드 기어를 운용해야 하기에 모든 아머드 기어를 가져올 수는 없었다.

후속 부대의 경우 바로 아머드 기어가 필요한 것은 아니므로, 일부 부품만 교체하면 운용할 수 있는 아머드 기어들을 보내 동종 교환으로 정비하여 사용하도록 했다.

그 결과 어쨌든 1,000기를 채울 수 있었고, 아머드 기어들을 동서남북의 성문 앞에 각각 250기씩 나누어 배치하였다.

— 후욱! 후욱!

— 진형만! 뭘 그리 긴장을 하고 그래?

— 긴장한 것 아닙니다.

— 아니긴 뭐가 아니야! 숨소리가 이렇게 거칠게 들리는데!

드라이버들은 모두 아머드 기어에 탑승한 채로 성문 뒤에서 작전이 언제 시작이 될 것인지 긴장하며 대기를 하고 있었다.

압도적인 숫자의 몬스터들 앞으로 뛰쳐나가야 하는 만큼, 아머드 기어 부대가 받고 있는 압박감은 상당했다.

땡! 땡! 땡! 땡!

요란한 종소리가 쉘터 안을 울렸다.

익스플로전 구슬로 밀어낸 뒤 조금 물러서는 듯하던 몬스터들이 다시 움직이기 시작했다는 것을 알리는 경고음이었다.

"대기!"

성문 위의 방벽에 서 있던 엠페러 클랜의 간부들이 큰 소리로 외쳤다.

아머드 기어들과 그 뒤의 헌터들이 모두 긴장된 얼굴로 무기를 뽑아 들고 대기했다. 다시 한 번 신호가 오면 바로 성문이 열릴 것이다.

지난 며칠간 수십 번은 들은 듯한 몬스터들이 몰려오는 발소리가 진동과 함께 지면에서 전해져 오고 있었다.

쉘터 중앙 건물의 꼭대기, 타워에 선 정진은 몬스터들을 조용히 주시하고 있었다.

쉘터로 다가오는 몬스터들은 역시나 방향에 따라 그 수에 차이가 있었다. 남쪽에서 접근하고 있는 몬스터들의 무리가 가장 많았고, 북쪽에는 얼마 없었다.

미리 위저드 아이를 통해 몬스터들이 많은 방향이나 숫자는 파악해 두었지만, 육안으로 위치가 보일 정도로 가까워진 지금은 보다 정확한 방향을 알 수 있었다.

정진은 조용히 시크릿 워드 마법을 사용했다.

— 백장미 클랜장님. 사전에 살펴본 대로 남쪽에서 접근하는 몬스터들이 가장 많은 것으로 확인되었습니다. 위저드 아이로 체크한 때보다 그 수가 더 증가한 듯하니, 북쪽에 대기하고 있는 아머드 기어 일부를 남문 쪽으로 이동시켜 주세요.

북문 위의 방벽에 서 있던 백장미는 북문 뒤에서 대기하고 있던 아머드 기어 100기를 남문 쪽으로 가도록 유도했다.

뒤이어 정진은 확성 마법을 사용했다.

"곧 몬스터들이 쉘터 방벽으로 접근합니다. 현재 방벽과의 거리 약 200m. 헌터 분들은 제자리에 대기해 주십시오."

정진의 목소리가 쉘터 전체에 울려 퍼지자, 무기를 들고 있던 헌터들의 얼굴이 상기되었다.

이윽고 몬스터들과 방벽과의 거리가 채 100m도 남지 않았을 무렵, 정진은 조용히 스펠을 마치고 시동어를 외쳤다.

"쇼크 웨이브."

그러자 쉘터 앞의 땅이 마구 들썩였다. 울부짖듯 요동치는 대지에 달려오던 몬스터들이 바닥을 뒹굴었다.

정진은 곧바로 다음 마법을 사용했다.

"라이트닝 웨이브."

방벽에서 퍼져 나간 새파란 전격이 사방으로 퍼져 나가며, 균형을 잡지 못하고 넘어져 있던 몬스터들을 집어삼켰다.

몬스터들은 몸에서 연기를 피워내며 감전되었고, 경련하며 뻣뻣하게 굳어지기 시작했다.

전류는 감전된 몬스터들의 몸을 지나 더욱 멀리 퍼져 갔다.

방벽 위에서 그 모습을 확인한 각 간부들이 목이 터져라 외쳤다.

"성문 개방!"

도르래가 돌아가는 소리와 함께 굳게 닫혀 있던 제2쉘터의 성문이 올라가기 시작했다.

"가자!"

동시에 정면을 보고 서 있던 이정진이 외치며 방벽을 뛰어내렸다. 다른 아케인 클랜원들도 일제히 아래로 뛰어내려 몬스터들이 넘어져 있는 앞쪽으로 돌진해 갔다.

"어어?"

몬스터들을 바라보고 있던 방벽 위에 다른 헌터들이 눈을 동그랗게 뜬 채 그 모습을 지켜보았다.

아케인 클랜의 헌터들은 원거리 무기를 든 헌터뿐만 아니라 근거리 전투가 특기인 헌터들도 모두 방벽 위에 있었다.

10m 정도 높이의 방벽은 아케인 클랜의 헌터들에게는 별로 높은 것이 아니었다.

제1쉘터에서 그랬듯이, 아케인 클랜의 헌터들은 모두 교대로 작전 신호에 따라 방벽을 뛰어내려 아머드 기어들과 함께 몬스터를 타격하는 임무를 수행하기로 되어 있었던 것이다.

사실상 전투는 아머드 기어들과 아케인 클랜원들이 하고, 다른 헌터들은 모두 이들의 보조를 하게 된 것이다.

끼이익! 쿵!

마침내 쉘터의 문이 열리자 대기하고 있던 아머드 기어들이 아케인 클랜원들의 뒤로 튀어 나가듯 성문으로 빠져나갔다.

곧바로 그들은 땅바닥에 쓰러진 채 움직이지 못하고 있는 몬스터들에게 뛰어들었다.

방벽 위에 있는 헌터들은 아케인 클랜의 헌터들이 몬스터를 상대하는 모습을 지켜보면서 경악을 금치 못했다.

아케인 클랜의 헌터들은 몬스터 하나에 두 번 손을 쓰지 않았다.

아케인 클랜원들이 검을 휘두를 때면 칼날이 새파랗게 빛나며, 질긴 몬스터의 목이 단번에 잘려 허공으로 튀어 올랐다.

서걱.

비명은 들리지 않았다. 경직되어 있는 몬스터들은 두 눈을 뜬 채 고스란히 공격을 받아야 했다.

몬스터들의 몸을 꿰뚫는 소리만이 온 전장에 울려 퍼졌다.

라이트닝 웨이브의 영향이 미치지 않은 먼 곳의 몬스터들만이 전면의 참상을 보며 더욱 미친 듯이 달려올 뿐이었다.

잠시 후, 그레이트 소드로 몬스터를 베어가던 이정진이 문득 멈추더니 뒤로 돌아 달리기 시작했다.

"복귀한다!"

마나가 실린 쩌렁쩌렁한 목소리가 전장을 울렸다.

순조롭게 몬스터들을 베어 나가던 아케인 클랜원들이 몸을 돌려 쉘터를 향해 달려오기 시작했다.

"욕심 부리지 말고 어서 돌아가!"

이정진은 뒤로 돈 채로 헌터들이 모두 복귀하고 있는지를 확인하며 쉘터를 향해 뛰고 있었다.

그와 동시에 아직 죽지 않은 몬스터들이 비틀거리면서도 일어나 그 뒤를 쫓아 달려왔다.

라이트닝 웨이브에 입은 피해로 움직임이 아직 자연스럽지는 않으나, 몬스터에게 뒤를 쫓기는 감각은 무시무시했다.

그리고 그 뒤로도 다른 몬스터들이 밀려오고 있었다.

뒤로 뛰었음에도 가장 먼저 방벽까지 도착한 이정진이 방벽 위에 대기하고 있던 헌터들에게 외쳤다.

"사격 준비!"

그러자 조금 전까지 방벽 위에서 아케인 클랜의 헌터와

아머드 기어들이 마비되어 쓰러져 있던 몬스터의 목을 치는 것을 구경하던 원거리 헌터들이 내리고 있던 무기를 방벽 위쪽으로 올렸다.

헌터들은 저마다 크로스 보우 등에 볼트를 장전하고 몬스터들이 있는 쪽을 겨누었다.

특히 복귀하고 있는 아머드 기어들과 아케인 클랜원들의 뒤에 따라붙은 몬스터들이 표적이었다.

쉘터로 복귀를 하는 헌터들의 뒤를 쫓는 몬스터가 점점 쉘터와 가까워졌다. 앞쪽에서 복귀하는 헌터들을 보고 출발한 아머드 기어들은 대부분 쉘터 근처까지 와 있었다.

"발사!"

방벽 위의 헌터들이 일제히 시위를 놓았다. 포물선을 그리며 하늘을 날아간 화살과 볼트들이 몬스터들을 꿰뚫며 제자리에 거꾸러뜨렸다.

헌터들은 볼트를 쏘아내자마자 곧바로 새 볼트를 장전하며 계속해서 화력을 집중시켰다. 아케인 클랜원들과 아머드 기어의 뒤로 따라붙던 몬스터들은 비처럼 내려오는 화살과 볼트에 쓰러지며 뒤로 물러섰다.

쉘터에서는 성문을 내리기 시작했고, 아머드 기어 부대와 헌터들이 모두 쉘터 내부로 진입하자 문은 완전히 닫혔다.

"공격 중지! 대기!"

이정진이 방벽 위에 있는 헌터들에게 외쳤다. 몬스터들을 향해 볼트를 날리고 있던 헌터들이 무기를 접고 방벽에서 물러섰다.

그 즉시 몬스터들로 뒤덮인 쉘터 앞 땅이 다시 진동하며 들썩이기 시작했다.

정진이 또다시 마법을 사용하기 시작한 것이다.

작전을 펼친 지 불과 한 시간여.

그런데 남아 있는 몬스터의 숫자는 눈에 띄게 줄어들어 있었다.

물론 아직까지도 전면전을 펼치기에는 어려운 숫자였다. 몬스터의 숫자는 아직도 헌터의 숫자에 비해 배는 많았다.

하지만 처음 전투를 벌이기 전과 비교를 한다면 1/4에도 미치지 못할 정도로 몬스터가 줄어들어 있었다.

"이제 한두 차례만 더 하면 남은 몬스터도 마무리할 수 있겠습니다."

언제 왔는지 남쪽 문이 있는 방벽 위로 올라와 있던 엠페러 클랜의 클랜장인 이종훈이 말을 건넸다.

"여러 번 마법을 쓰셨는데, 괜찮습니까?"

"멀쩡합니다."

정진이 걱정 말라는 듯 어깨를 으쓱였다.

북쪽 문을 지키던 백장미도 정진 쪽으로 걸어왔다.

북문에 있던 몬스터들은 모두 처리되어, 북문 쪽에서 대기하고 있던 헌터들과 아머드 기어들을 모두 이끌고 지원을 온 것이다.

"이 작전이 이렇게까지 먹혀 들어갈 줄은 몰랐습니다."

쉘터 바깥을 바라보던 이종훈이 중얼거렸다.

제2쉘터의 방벽 너머로는 몬스터들의 사체가 즐비했고, 조금 떨어진 곳에는 한쪽에 웅크린 채 쉘터 쪽을 경계하고 있는 몬스터 무리가 있었다.

지금은 잠시 전투가 소강상태에 들어가고, 몬스터들이 다시 덤벼들 때까지 휴식을 취하며 정비하고 있었다.

오랫동안 헌터 생활을 한 이종훈은 지금까지 총 두 차례의 몬스터 웨이브를 겪은 경험이 있었다.

그러나 지금처럼 어떤 희생자도 없이 몬스터들을 압도적으로 상대한 적은 한 번도 없었다.

그는 기쁨과 안도감을 감추지 못했다. 백장미나 주변에 있던 다른 헌터들도 마찬가지였다.

바로 얼마 전까지만 하더라도 앞이 보이지 않는 막막하고 깜깜한 상황이었다.

몬스터들로부터 쉘터를 지켜내야 했지만, 당장 목숨을 부지할 수 있을까라는 생각이 먼저 들었다. 그야말로 파도와 같은 수많은 몬스터들에 둘러싸인 채 꼼짝없이 당할 것이라고 생각했다.

그런데 지금은 어떤가.

정진의 작전에 따라 몇 차례 방벽을 발판으로 치고 빠지기를 반복하다 보니 어느새 몬스터들이 거의 사라져 있었다.

마법에 적중당해 몬스터들이 움직이지 못하게 되었을 때, 위협이 될 만한 중(重)형 몬스터들을 우선적으로 처리했다.

그랬더니 남은 몬스터들 가운데에는 크게 위협이 될 만한 몬스터들도 얼마 없었다.

방벽 너머를 살펴본 정진이 고개를 끄덕이며 제안했다.

"한 차례 더 같은 방법으로 방어를 하고, 그 다음 전투 때는 후퇴를 하지 말고 그대로 몰아쳐도 될 듯합니다."

"아직도 많이 남아 있는데, 괜찮을까?"

백장미는 정진의 말에 고개를 갸웃거리며 물었다. 정진이 고개를 끄덕였다.

"아직 많기는 하지만 위협이 될 만한 놈들은 이제 거의 없어. 다른 방향은 다 정리가 되었으니 우리 쪽 전력은 오히려 증가했고. 그리고 이번에는 나도 나가서 힘을 보탤 것이니 걱정하지 마."

정진은 약간은 꺼림칙한 표정을 짓는 백장미를 안심시켰다.

"네가 대단한 능력을 가지고 있다는 것은 알지만, 그래도 한 사람이 돕는다고 저 많은 몬스터를 모두 처리할 수 있을까?"

백장미는 아직 걱정스러운 표정으로 정진을 보고 있었다.

"너무 걱정하지 마. 이래 봬도 나 꽤 세니까."

정진은 아무렇지도 않은 표정을 지으며 빙긋 웃었다. 그러고는 그녀를 살짝 안아주었다.

"어머!"

정진이 많은 사람들이 있는 앞에서 갑자기 자신에게 포옹하자 백장미는 작게 새된 소리를 내뱉었다.

"오! 두 사람, 그렇게 붙어 다니더니 결국 그런 거야?"

두 사람의 모습에 이정진이 눈을 동그랗게 뜨며 물었다.

이정진뿐만 아니라 주변에 있던 사람들도 모두 두 사람을 보고 미소를 지었다.

그런 사람들의 모습에 백장미는 얼굴이 붉어지며 고개를 숙였다.

백화 클랜이라는 대한민국에서 세 손가락 안에 드는 대형 클랜의 수장이 부끄러움을 타는 모습은 참으로 새로운 모습이었다.

그런 둘을 지켜보고 있던 이종훈이 정진에게 말을 걸었다.

"이번에는 정정진 클랜장님께 지휘권을 일임하겠습니다. 대신 저는 방벽 아래로 내려가 다른 헌터들과 싸우려고 합니다. 정정진 클랜장님은 마법으로 훨씬 빨리 이동하실 수 있고, 전장 전체를 내려다보거나 명령을 전달하는 것도 쉬우실 테니 그게 더 좋을 것 같습니다."

주변에 있던 다른 엠페러 클랜의 간부들이 놀라 이종훈을 쳐다보았다.

"괜찮으시겠습니까?"

"물론입니다. 그동안 먼 곳에서 지켜보기만 해서 사실 근질근질했습니다."

이종훈이 씩 웃어 보였다.

호승심이 끓어오른 듯 말하고 있지만, 이종훈의 눈은 새파랗게 빛나고 있었다.

그동안 아케인 클랜에서 지원이 도착하기 전까지 지휘소에서 동료들이 죽어가는 것을 뜬눈으로 지켜봐야만 했다.

그는 수백 번 담금질해 날카롭게 벼린 칼날처럼 분노하고 있었다.

"알겠습니다. 몬스터들은 많이 줄었지만 조심하시기 바

랍니다. 경직이 풀릴 듯하면 바로 돌아와야 한다는 거 잊으
시면 안 됩니다."

이종훈의 결연한 표정을 본 정진은 고개를 끄덕이며 혹시
나 흥분하지 않도록 다시 한 번 주의를 주었다.

"몬스터들이 방벽으로 접근해 오는 즉시 공격을 개시
하겠습니다. 아머드 기어 부대와 헌터 분들은 준비해 주
세요."

정진이 말하자, 주변에 있던 다른 사람들이 고개를 끄덕
이곤 흩어져 움직이기 시작했다.

성문 근처로 이동하던 백장미는 모처럼 정진과 분위기가
좋아지려는 찰나 산통을 깨버린 이종훈을 슬쩍 노려보았다.


조금 조용해진 듯하던 몬스터들은 곧 다시 움직이기 시작
했다.

"전원 대기!"

확성 마법을 사용한 정진의 목소리가 쉘터 내에 울려 퍼
졌다.

헌터들은 발 빠르게 자리를 찾아갔고, 이종훈도 헌터들
사이에 섞여 무기를 뽑아 들었다.

방벽 위에 선 헌터들과 정진은 서서히 밀려오는 몬스터들
을 주시하였다.

몬스터 웨이브가 시작된 지 이미 5일째가 되어가고 있다. 쉘터 방벽 주변에는 수많은 몬스터들의 잔해로 발 디딜 틈이 없을 정도였다.

하지만 몰려오기 시작한 몬스터들은 전혀 두려움이 없는 듯했다.

어느 정도 지능이 있는 오크나 고블린 등의 몬스터들도 섞여 있었지만, 몬스터들은 쉘터를 우회하거나 어떤 작전을 펴려고 하지 않았다.

마치 무언가에 씌이기라도 한 것처럼 쉘터를 향해, 아니 정확히는 게이트가 있는 뉴 대전을 향해 일직선으로 곧장 달려들 뿐이었다.

몬스터들과의 거리가 가까워지면서, 땅의 진동도 점점 커져 갔다.

방벽 앞쪽의 허공에 몸을 띄운 상태의 정진은 조용히 팔을 들어 올렸다.

현재 타워에는 정진을 대신해서 정은이 올라가 있었다.

타워 꼭대기에서 전면을 바라보고 있던 정은이 고개를 끄덕였다.

정진이 도착하고 난 뒤, 전투가 치러지는 동안 정은은 고갈된 마나를 회복하는 데 집중하고 있었다.

사실 정진에게는 괜찮다고 했지만, 정은은 제2쉘터로 오고 나서 한 번도 제대로 쉬지 못했다.

조금 쉴 만하면 몬스터들이 몰려오니 쉴 틈이 있을 리 없었다.

다른 헌터들이야 교대로 돌아가면서 조금이라도 휴식을 취할 수 있었지만, 정은은 유일한 마법사로서 계속 쉘터를 방어할 마법을 사용해야만 했다.

일반적인 엠페러 클랜의 사람들이라도 타워에 내장되어 있는 마법을 사용할 수 있겠지만, 적재적소에 상황에 맞는 마법을 정확하게 사용하는 것은 어려운 일이었다.

타워의 에너지에도 한계가 있다.

정은이 에너지가 고갈되지 않도록 적절히 자신의 마력을 사용해 마법을 시전하였기에 아직까지 쉘터를 지켜올 수 있었던 것이다.

정은은 타워에서 적절히 마법을 사용하는 정진 곁에서 휴식을 취하며, 정진이 어떻게 타워에서 마법을 운용하는지를 지켜보았다.

타워에 선 정은은 조용히 쇼크 웨이브의 스펠을 외웠다.

정은은 정진이 작전을 펼치면서 어떤 마법을 어떻게 사용했는지 옆에서 전부 지켜보았다. 모범 답안을 이미 알고 있는데, 굳이 다른 답안을 적을 필요가 있겠는가.

저 멀리 방벽 너머 땅이 들썩이며 달려오던 몬스터들이

우르르 넘어지는 것이 보였다.

고개를 끄덕인 정은은 바로 다음 마법을 시전했다.

라이트닝 웨이브의 전격이 물결처럼 방벽에서부터 퍼져나가자, 땅바닥에 나뒹굴던 몬스터들이 파들거리는 것을 멀리서도 확인할 수 있었다. 파직거리며 전류가 튀는 소리마저 들려왔다.

타워에 설치되어 있는 마법진은 소모하는 마력을 줄여줄 뿐만 아니라, 마법의 위력을 높이는 데도 도움을 주었다. 수많은 몬스터를 한 번에 마비시킬 수 있는 것도 타워의 도움을 받아 마법의 범위가 넓어졌기 때문이었다.

마법 발현이 모두 끝나자, 방벽 쪽에 있던 정진이 크게 외쳤다.

"공격!"

쉘터의 성문이 열리고, 아머드 기어들과 헌터들이 우르르 쏟아져 나갔다.

이전처럼 돌아오는 아머드 기어들을 엄호해 주기 위해 쉘터 안쪽에서 대기하지 않고, 대기하고 있던 모든 헌터들이 성문을 빠져나가 몬스터들을 도륙하기 시작했다.

방벽 위에서 몸을 띄우고 있던 정진도 마찬가지였다.

제일 먼저 몬스터들이 쓰러져 있는 곳까지 도달한 정진은 라이트닝 웨이브의 범위에서 벗어나 있는 몬스터 쪽을 향해 스펠을 외웠다.

"파이어 월."

본능적으로 짐승들이 불을 두려워하는 것처럼, 몬스터들 또한 불 자체에 두려움을 느끼며 쉽게 다가가지 않는 특성이 있었다.

다만 불이 있는 너머에 그 두려움 이상의 본능을 자극하는 무언가가 있다면 두려움을 이겨내고 덤벼들기도 한다.

헌터들은 몬스터 헌팅 중에 가능한 불을 피우지 않는다.

몬스터들의 영역 내에서 불을 피움으로써 오히려 몬스터들을 자극할 수 있기 때문이었다. 그럴 때의 몬스터들은 정말로 물불 가리지 않고 영역 안으로 들어온 인간들을 죽이기 위해 달려들곤 한다.

지금 정진이 시전한 파이어 월은 여러 가지 면에서 그 경우와는 차이가 있었다.

파이어 월은 모닥불 정도의 불이 아니고, 무시하고 뛰어들었다가는 아무리 생명력이 질긴 몬스터라고 하더라도 목숨을 부지하기 힘들다.

더욱이 이곳은 몬스터들의 영역이 아니라 굳이 분류하면 인간의 영역, 게이트로 가기 위해 이곳을 지나가고 싶을 뿐인 몬스터들은 쉽사리 파이어 월에 접근하지 못했다.

물론 파이어 월이라고 해도 트롤이나 그보다 상위 몬스터인 오거 등에게는 그리 큰 위협이 되지 못한다. 하지만 그런 몬스터들은 이미 몇 차례의 작전을 거치면서 대부분 처리된 상태였다.

또 정진이 파이어 월을 펼친 인근에는 오크나 고블린, 코볼트 같은 소형 몬스터들이 주로 분포하고 있었다.

라이트닝 웨이브의 영향을 받지 않은 몬스터들이 달려드는 것을 저지하려는 정진의 생각은 제대로 먹혀, 몬스터들은 접근하지 못하고 파이어 월 너머에서 서성거렸다.

그사이 제2쉘터의 성문을 뛰쳐나온 아머드 기어와 헌터들은 마비되어 꼼짝 못하는 몬스터들을 처리하고 있었다.

2천 명이 넘는 헌터와 아머드 기어들이 한꺼번에 달려들자, 몬스터들은 맥을 쓰지 못하고 순식간에 허물어지기 시작했다.

몬스터들의 수가 아직도 헌터들보다 많았다고는 하지만, 바닥에 쓰러져 있는 몬스터들의 숨을 끊는 것은 허무할 정도로 간단한 일이었다.

정진은 플라이 마법으로 공중에 뜬 채 헌터들과 아머드 기어들이 마법에 쓰러져 있던 몬스터를 처리하고 있는 것을 지켜보았다.

몬스터를 전부 처리하고 진형을 갖출 동안 파이어 월 마법을 유지하는 데 집중하며 전황을 살피고 있는 것이다.

이윽고 파이어 월 안쪽에 있는 몬스터들이 정리되고, 헌터들이 대열을 갖춰 몬스터들을 상대할 준비를 끝냈다.

"콜드 포그, 캔슬."

헌터들이 있는 쪽에서 서서히 미세한 얼음 결정이 맺힌 안개가 서리기 시작했다.

동시에 몬스터들과 헌터들의 사이를 가로막고 있던 파이어 월 마법이 꺼지듯 사라졌다.

"와일드 거스트."

상황을 살피던 정진이 또 다른 마법을 시전했다.

콜드 포그 마법으로 생겨난 차가운 안개는 거칠게 불어온 돌풍에 의해 파이어 월 뒤쪽으로 길게 늘어서 있던 몬스터들 전체로 퍼져 나갔다.

느리게 발현되는 콜드 포그는 와일드 거스트에 의해 퍼져 나갈수록 위력을 더해갔다. 돌풍 속에서 더욱 차가워진 안개가 추위에 대한 면역이 없는 몬스터들을 덮쳤다.

이윽고 돌풍이 전부 지나가 사라진 이후에도 몬스터들은 원래처럼 마구 달려오지 못했다.

콜드 포그에 적중된 몬스터들이 움직임이 둔해지기 시작한 것이다. 몸의 끝부분에 조금씩 살얼음이 생기며 움직임을 방해하고 있었다.

"공격!"

정진은 대기하고 있던 헌터들에게 다시 한 번 신호했다.

앞쪽에 늘어서서 둔화된 몬스터들을 바라보던 헌터들이 일제히 몬스터들이 있는 곳으로 달려들었다.

대기하고 있던 아머드 기어들이 돌진하면서 지축이 쿵쿵 울렸다.

아머드 기어들은 일반 헌터들에게 위협이 될 수 있는 몇 안 되는 중형 몬스터들을 찾아 요격했다. 여러 대의 아머드 기어가 한 마리의 몬스터에게 달려들자, 처리하는 것은 그야말로 순식간이었다.

헌터들은 반쯤 얼어붙은 몬스터에게 무기를 찔러 넣으며 앞으로 달렸다. 일반 헌터들은 사전에 계획한 대로 같은 클랜이나 팀끼리 붙어 조직적으로 몬스터들을 상대했다.

전투는 점점 헌터 쪽에 더 유리하게 변해갔다.

중형 몬스터를 너무도 쉽게 상대하는 일반 헌터들이 있었기 때문이다.

무기를 휘두를 때마다 빛이 번쩍이고, 몬스터들이 헌터들에 의해 쓸려 나가듯 사라져 갔다.

간혹 위험에 처한 헌터들이 있을 때마다, 귀신같이 견제가 들어왔다. 공중에 있던 정진이 마법을 날려온 것이다.

# Chapter 8
## 끝나지 않은 몬스터 웨이브

　사람들의 기쁨에 찬 환호성이 뉴 서울 쉘터를 울리고 있었다.

　그동안 세 차례의 몬스터 웨이브가 있었지만, 헌터들은 모두 막아내지 못했다.

　게이트를 넘어간 몬스터들은 모든 것을 파괴했고, 동료와 가족들을 잃은 헌터들은 피눈물을 흘려야만 했다.

　그러나 이번 몬스터 웨이브는 달랐다.

　사냥터의 몬스터가 모조리 사라지는 이상 현상이 헌터 협회로 바로 신고되었고, 대한민국 헌터 협회 또한 신속하게 국제 협정에 따라 이를 세계 헌터 협회 연맹에 통보하였다.

　빠른 정보 전달로 각국에서는 모두 게이트 주변을 정비하고 몬스터 웨이브를 준비할 시간을 가질 수 있었다.

헌터 협회장인 이기동은 정부와 각 헌터 클랜, 클랜 계약을 한 기업들, 팀 단위로 활동하는 일반 헌터들 모두에게 신망을 받고 있었다.

이기동은 그동안 내부의 불협화음으로 몬스터 웨이브 앞에서도 제대로 협동하지 않던 클랜과 기업들 간의 갈등을 해소하고, 헌터 협회라는 이름으로 이들을 묶었다.

이전의 몬스터 웨이브 때와는 달리 게이트가 있는 뉴 서울과 뉴 대전 쉘터 외에 소형 쉘터들을 가진 대형 클랜들을 중심으로 한 1차 저지선을 만든 것이 특히 유효했다.

아무리 뉴 서울이나 뉴 대전 쉘터가 대형 쉘터라고 해도 방벽 위에서 몬스터를 상대할 수 있는 최대 인원에는 한계가 있다. 모든 헌터들이 다 방벽 위에 늘어설 수는 없기 때문이다.

그런데 몬스터들의 진행 방향에 있는 소형 쉘터들을 바탕으로 저지선을 만들어 헌터들을 나누어 배치하자 훨씬 효율적으로 병력을 운용할 수 있게 된 것이다.

몬스터 웨이브에 앞서 철저한 준비를 했던 것도 높은 평가를 받았다.

아머드 기어나 근거리 무기를 가진 헌터들을 활용할 수 있는 공간을 만들기 위해 설치한 함정이나 해자는 방벽을 더 튼튼하고 높게 만드는 것에만 치중하던 기존의 전략과 차별화된 생각이었다.

물론 몬스터 웨이브를 쉽게 막아냈다고는 할 수 없었다.

철저히 대비했다고 하더라도 끝도 없이 몰려드는 몬스터들은 재앙에 가까웠다.

하지만 고난이 있는 곳에 영웅이 탄생한다고 하던가.

4차 몬스터 웨이브 방어전에서 탄생한 영웅, 바로 아케인 클랜의 클랜장인 정정진이었다.

이번 몬스터 웨이브에 대한 정보나 방어전을 펼칠 작전 등을 주도했다는 사실이 헌터들에 의해 알려지면서 정진의 이름이 대한민국 전체에 울려 퍼지게 된 것이다.

그는 5년 전 몬스터가 우글거리는 영원의 숲에서 낙오되었다가 한 달 만에 생환한 일로 처음 세상에 알려졌다.

또다시 정진의 이름이 들리기 시작한 것은 노태 클랜과의 재판 때였다.

일개 헌터라는 약자의 입장에서 대기업과의 재판에서 승소한 정진은 한동안 계속 화제가 되었다.

그때까지만 하더라도 정진의 이름 자체보다는 아직 살아 있는 정의, 대기업의 횡포 등으로 뉴스에 등장했다.

그리고 나서 사람들을, 특히 헌터들을 깜짝 놀라게 한 사건이 곧이어 터졌다.

바로 4기의 아머드 기어가 포함된 다크 헌터 무리를 일개 헌팅 팀인 아케인이 처치해 버린 사건이었다.

　동시에 몬스터의 습격을 받은 노태 클랜의 노인태 사장을 구했다는 것 또한 이슈가 되었다.

　어떻게 보면 정진에게는 원수나 다름없는 노인태 사장을 구했다는 사실이 정진과 팀 아케인의 이름이 사람들의 입에 오르내리는 계기가 되었다.

　그 후 한동안 잠잠하던 정진은 매직 웨폰의 제작자로 알려지며 대한민국을 넘어서 세계의 러브콜을 받기 시작했다.

　만약 정진이 헌터 협회와 협정을 맺고 협회를 통해 매직 웨폰이나 포션을 판매하기로 결정하지 않았다면, 정진이나 아케인 클랜은 대한민국이 아닌 해외의 다른 나라에 자리를 잡았을지도 모르는 일이다.

　그러나 정진은 대한민국에 뿌리를 두고 성장하는 것을 선택했다.

　5년이 흘러 3대 클랜으로 성장한 아케인 클랜은 이번 4차 몬스터 웨이브 방어전에서 활약하면서 이름을 떨쳤다.

　그동안 아케인 클랜이 3대 클랜이 된 것은 헌터 협회를 등에 업었기 때문이라거나, 세계 최초로 3급 라이선스를 획득한 이정진의 명성 때문이라고 주장하던 사람들의 입이 쏙 들어갔다.

3대 클랜이라는 이름이 허명이 아니라는 것을 완전히 증명한 것이다.

베일에 감춰져 있던 정진의 능력을 목격한 헌터들은 모두 할 말을 잊었다.

부클랜장인 이정진이 명실상부한 세계 최고의 헌터인 만큼, 정진에 대해서는 뒤에서 이정진을 지원하는 기업의 일원 등으로 예상하고 있던 그들은 왜 아케인 클랜의 수장이 정진인지를 깨닫게 되었다.

정진에 대한 소문을 알음알음 듣고 대단한 능력을 가지고 있을 거라고 짐작하던 대형 클랜의 수뇌부들이나 헌터 협회 간부들마저도 경악했다.

몬스터 웨이브 방어전에서 정진이 보인 능력은 그만큼 대단했다.

정진의 손짓 한 번에 수백의 몬스터들이 불타고 얼어붙었다. 특히 뉴 서울에서 시전한 파이어 레인이나 블리자드는 더 할 말이 없을 정도로 무시무시한 위력을 지니고 있었다.

마치 전쟁의 화신과도 같은 모습에 헌터들은 오금이 저렸다.

그런데 강제 동원령에 의해 목숨을 걸고 몬스터와 싸우기 위해 온 자신들에 대한 보상 차원에서 몬스터를 얼렸다는 사실이 알려지자, 정진을 존경하는 헌터들이 생겨나기 시작했다.

몬스터 웨이브가 있을 때 국가의 동원령에 협조하는 것은 헌터 라이선스를 발급 받을 때 서명해야 하는 사항 중 하나였다.

전장 일선에서 싸워야 하는 대부분의 일반 헌터들은 동원령이 떨어졌을 때, 집을 떠나면서 가족들에게 마지막 유언을 남기고 왔다.

그런데 무사히 목숨을 건진 것은 물론이고, 흠집 하나 없이 온전한 몬스터의 사체와 마정석까지 얻을 수 있었다.

이번 몬스터 웨이브에 얽힌 사실을 알게 된 많은 헌터들이 정진과 아케인 클랜에 마정석뿐만 아니라 자신의 목숨, 가족들의 목숨까지도 빚졌다고 생각했다.

그럼에도 아케인 클랜은 일절 보상에 관해서는 언급을 하지 않았다.

헌터들이 정진과 아케인 클랜에 대해 존경심을 가지게 된 이유는 그뿐만이 아니었다.

뉴 서울에서의 방어전이 끝난 뒤, 뒤늦게 뉴 대전의 전황이 심각하다는 소식이 뉴 서울로 전달되었다.

하지만 뉴 대전에 지원을 가겠다고 나서는 헌터들은 거의 없었다.

목숨은 누구에게나 소중한 것이다.

겨우 죽음의 위기에서 벗어났는데 일부러 목숨을 내주러 범의 아가리에 머리를 들이미는 꼴이지 않은가.

그런데 아케인 클랜은 뉴 서울의 몬스터 웨이브를 막아내자마자 바로 또 다른 쉘터인 뉴 대전을 지원하기 위해 떠났다.

그뿐만 아니라 다른 클랜인 엠페러 제1, 제2쉘터까지 일말의 망설임도 없이 도와주었다.

사람들은 정진이나 아케인 클랜이 실력만이 아니라 훌륭한 인품마저 가지고 있다며 영웅이라 부르기를 주저하지 않았다.

†     †     †

이기동은 뉴 서울 지부 사무실에 있었다.

뉴 서울의 몬스터 웨이브가 끝난 뒤, 바로 몬스터 웨이브를 막기 위해 들어간 자원이나 인명 피해 등을 파악하기 위해 서류를 정리하고 있었던 것이다.

헌터 협회의 회장인 그이니 직원들에게 정리해서 보고하도록 이야기하고, 서류가 정확한지 확인한 뒤 사인을 하면 끝날 일이다.

하지만 이기동은 이 일을 절대 허투루 처리하지 않을 생각이었다.

이 일을 잘만 포장하면 그는 역대 그 어떤 협회장보다 큰 업적을 이룬 회장이 될 수 있었다. 이기동은 이번 기회를 결코 그냥 흘려보낼 생각이 없었다.

몬스터 웨이브를 이렇게 성공적으로 이끌었다는 것은 대한민국을 넘어 전 세계가 들썩일 사건이었다. 이를 잘 활용해 어필할 수 있다면, 헌터 협회 회장 이상의 자리까지도 꿈은 아니었다.

지금의 헌터 협회장이라는 자리도 나쁘지 않다. 더욱이 현재 헌터 협회는 정진과의 협력으로 정재계 인사들에게 좌지우지되는 일이 적어졌다.

독자적인 자본력과 막강한 힘을 갖춘 헌터 협회는 대한민국을 움직이는 또 다른 권력 집단으로 부상한 것이다.

협회의 힘과 이번 몬스터 웨이브를 성공적으로 막아냈다는 업적을 잘 포장한다면 대한민국 권력의 정점이라 할 수 있는 대통령의 자리도 그리 멀지 않을 것이다.

이기동은 그렇게 생각했다. 그에게 있어 이 서류 한 장, 한 장은 모두 자신의 찬란한 미래를 보장하는 발판처럼 느껴졌다.

또한 상황을 가능한 빠르고 정확히 전달해야 이번 몬스터 웨이브로 인해 피해를 본 헌터들과 그 가족들에게 적절히 보상을 해줄 수 있을 것이다.

다 정리해서 한쪽에 쌓아둔 자료들을 본 이기동이 흐뭇한 미소를 지었다.

그때, 노크와 함께 비서가 회장실의 문을 열고 들어왔다.

"무슨 일이지?"

"뉴 대전의 몬스터 웨이브가 끝났다는 소식입니다."

이기동이 벌떡 자리에서 일어났다.

"상황은 어떤가? 피해는?"

비서가 뉴 대전으로부터 보내온 자료를 이기동에게 가져다주었다.

"정확한 피해 상황은 아직 모두 집계되지 않았습니다. 그러나 쉘터를 방어하던 일반 헌터들의 피해가 상당한 듯합니다."

이기동이 침중한 얼굴로 자료를 받아 들었다.

뉴 대전 쉘터의 전황이 어렵다는 이야기는 이미 있었다.

실제로 한창 몬스터 웨이브가 지속되던 때부터 게이트를 통해 뉴 서울로 지원 요청이 여러 번 왔다.

그러나 당시에는 뉴 서울도 계속해서 밀려오는 몬스터들을 막기 위해 필사적이었으므로 뉴 대전까지 보낼 인력을 따로 뺄 여력이 없었다.

결국 정진이 헌터 협회를 통해 뉴 대전으로 보낸 익스플로전 구슬 외에는 별다른 지원을 해줄 수가 없었다.

뉴 서울의 몬스터 웨이브가 어느 정도 정리된 뒤에도 아직 다른 쉘터들에서는 전투가 끝나지 않았기에, 뒤처지거나 다른 쉘터들에서 도망친 일부 몬스터들이 접근할 수 있다는 생각에 경계를 늦출 수 없었다.

그래도 지원할 수 있는 최대의 물적 자원들을 아케인 클랜과 함께 보냈으니 어느 정도 안심하고 있었는데, 그 결과가 많은 헌터들의 희생으로 돌아왔다는 생각에 이기동은 입맛이 썼다.

"뉴 대전을 지원하러 간 아케인 클랜은 어떻게 됐다고 하는가? 정정진 클랜장은?"

물어볼 줄 알았다는 듯 비서는 곧바로 고개를 끄덕였다.

"모두 무사하다고 합니다. 뉴 대전에서의 활약이 대단했던 모양입니다. 아케인 클랜은 뉴 대전의 방어가 끝난 뒤 곧바로 근처에 있는 엠페러 쉘터 쪽을 지원하러 다시 움직였다고 합니다."

"음……. 뉴 대전 지부에서는 어떻게 처리하고 있나? 아케인 클랜은 엠페러 쉘터 쪽으로 지원을 갔다고 했으니, 그럼 뉴 대전 쪽에선 그 부분을 지원하고 있는 건가?"

그러나 방금 전과는 다르게, 비서는 조금 망설이는 듯 바로 말하지 못하고 머뭇거렸다. 그 모습을 지켜보던 이기동은 심상치 않은 기색을 느꼈다.

"무슨 일이 생긴 건가? 협회의 희생이 컸다든가……."

이기동의 말에 고개를 저은 비서가 결국 대답했다.

"그게… 뉴 대전의 차지철 지부장은 뉴 대전 쪽을 지원한 클랜 대표들과 함께… 파괴된 쉘터의 재공사에 착수했고, 방어전에 참여한 헌터들이 떨어진 물품을 새로 구매할수 있도록 하고 있답니다."

"그게 무슨……."

듣고 있던 이기동의 표정이 일순 기묘해졌다. 비서가 말한 의미를 깨달은 것이다.

"…저들끼리 이권 챙기기에 여념이 없다는 말인가?"

비서가 어렵게 고개를 끄덕였다.

"그뿐만이 아닙니다. 일반 헌터들 쪽에서 들어온 제보에의하면, 몬스터 웨이브에 큰 피해를 입게 된 이유가 대비를하지 않아서였다고 합니다. 저희 쪽과 같은 전략을 뉴 대전에 대표로 파견된 이정진 부클랜장이 제안한 모양입니다만… 차지철 지부장과 다른 클랜 대표들이 의견을 완전히묵살했다고 합니다."

이기동이 어처구니가 없다는 듯 입을 벌렸다.

"아니, 그럼 뉴 대전 쪽은 함정과 해자를 준비하지 않았단 말인가? 가능한 모든 준비를 하도록 각 지부에 전달하지 않았나."

"네, 전달했습니다만… 아무래도 차지철 지부장의 독단으로 보입니다."

"하, 어이가 없어서 말이 안 나오는군. 할 수 있는 모든 걸 해도 모자랄 판에, 결국 저들끼리 투닥거리느라 바빠서 아무것도 안 했다는 거 아닌가."

이기동이 혀를 차는 동안 비서는 계속 고민스러운 표정으로 서 있었다.

"저, 회장님. 몬스터 웨이브가 닥쳤을 때, 차지철 지부장을 비롯한 간부들이 일반 헌터들을 방벽 근처에 방치해 둔 채 대책 본부에 숨어 있었다는 제보도 있었습니다."

비서의 말을 듣고 순간 충격을 받은 이기동은 말을 잇지 못했다.

이기동의 표정을 본 비서가 한숨을 내쉬었다.

"가장 큰 문제는… 헌터들 사이에서 간부들이 일부러 피해를 키우기 위해서 그렇게 했다는 소문이 돌고 있습니다. 사실 여부는 아직 확인 중에 있습니다만……."

"일부러… 피해를 키워?"

"예. 아마 방어전이 끝났을 때의 이익을 키우려고 그런 것이 아닌지……."

쾅!

이기동이 분노를 이기지 못하고 테이블을 내려치자, 비서가 흠칫하며 놀라 입을 다물었다.

치밀어 오르는 화로 몸을 부들부들 떨던 이기동이 착 깔린 목소리로 말했다.

"…당장 감찰부장 오라고 해."

"알겠습니다."

비서가 곧바로 몸을 돌려 회장실을 뛰쳐나갔다.

"진즉에 잘라 버렸어야 했는데, 협회 세력 균형을 맞춘다고 그냥 두었더니……. 누런 싹은 미리 쳐내야 하는 것을……."

이기동은 혼자 남자 그렇게 중얼거렸다.

사사건건 문제를 일으키는 차지철은 그동안에도 종종 골머리를 썩였다. 그래도 없는 것보단 낫겠지 싶어 대전으로 쫓아 보냈더니 좀 조용해졌다. 이제야 좀 정신을 차리나 싶었는데, 대형 사고를 터트린 것이다.

이 일이 정말 사실이고, 헌터 협회에서 이익을 위해 일반 헌터들을 희생시켰다는 말이 계속 나오게 되면 대통령 자리가 문제가 아니었다.

헌터 협회에 대한 헌터들의 믿음이 흔들리게 될지도 모른다.

그렇게 되면 지금의 자리는 물론이고, 헌터 협회 자체도 물어뜯기만을 기다리던 이들에게 공격당할 게 분명했다.

헌터 협회가 급성장하여 독보적인 위치에 오른 것에 대해 고깝게 생각하는 이들이 일부 있기 때문이다.

매직 웨폰이나 포션 등의 자금줄을 생각하면 욕심에 눈이 먼 이들에게 협회가 갈가리 찢겨 공중분해가 되는 것도 과한 상상은 아니었다.

한시라도 빨리 이 일을 철저히 조사해 조치를 취해야만 했다.

이기동은 초조한 얼굴로 이마를 짚으며 자신도 직접 조사를 하기 위해 회장실을 나섰다.

✝      ✝      ✝

대한민국 전군에 비상이 걸렸다.

몬스터 대응군은 몬스터들에 점령된 이북 지역을 수복하기 위해 작전을 펼치고 있었다.

현재 대한민국이 보유한 몬스터 특수부대인 몬스터 대응군은 약 1만 5천 명 정도였다. 그러나 매직 웨폰을 무장하면서 획기적으로 전력이 증강된 덕에 이북 지역의 몬스터들을 상대하는 데는 큰 무리가 없었다.

대한민국은 천천히 이북 지역에 있는 몬스터들을 빠뜨리

지 않고 섬멸하는 것을 목표로 하고 전진했다.

순조롭게 작전이 진행되는 듯하던 그때, 대한민국 정부는 특단의 조치를 취하게 되었다.

바로 국군이 보유하고 있는 연식이 오래된 폭탄이나 미사일 등을 최대한 이북 지역에 쏟아붓는 것으로 몬스터들의 수를 빠른 시간 안에 줄인다는 작전이었다.

문제는 국경을 맞대고 있기 때문에 중국과 협조하여 작전을 펼쳐야 하는데, 중국 정부가 무슨 이유에서인지 협조 요청을 거부했다는 것이었다.

원래대로라면 중국 정부의 태도에 불만을 가진다 하더라도 겉으로 표하지 못했겠지만, 지금의 대한민국은 예전의 대한민국이 아니었다.

대한민국은 중국 정부가 협조를 거부했음에도 아랑곳하지 않고 작전을 감행하기로 결정했다.

단독으로 작전을 펼치겠다는 것을 통보하고, 대신 대한민국 측에서 작전을 수행하는 동안에 중국 쪽에서 발생할 수도 있는 피해에 대해서는 책임지지 않겠다는 공문을 전달한 것으로 중국과의 이야기는 끝이었다.

정부와 군이 이렇듯 급히 군사 작전을 펼친 데에는 이유가 있었다.

바로 곧이어 다가올 몬스터 웨이브였다.

지난 몬스터 웨이브의 피해를 뼈에 새기고 있는 정부는 몬스터 웨이브를 방어하는 것에 국가 총력을 기울이기로 결정했다.

때문에 다소 과격한 작전을 펼쳐서라도 이북 지역의 몬스터들을 완전히 섬멸하고 몬스터 대응군을 게이트를 지킬 전력으로 불러들이려 한 것이다.

만약 이북 지역의 몬스터가 복귀하는 대응군을 따라 내려와 게이트의 몬스터들과 합류한다면 더 큰 피해가 발생하게 될 것이다.

중국 정부와의 마찰을 감수하고 과감한 작전을 펼친 데는 바로 그런 이유가 있었다.

결국 중국에서는 한국의 군사작전으로 인해 피해가 발생했다며 항의를 해왔다.

그러나 전 세계적으로 몬스터는 인류 공통의 적으로 인식되고 있다. 점령된 국토를 수복하기 위한 작전을 펼칠 때에는 국경을 맞대고 있는 이해 당사국에서 작전에 협조해야 한다는 국제 규약이 존재했고, 대한민국과 중국도 이에 가입되어 있었다.

이에 따르면 당연히 중국에서도 대한민국의 작전에 협조했어야 한다.

중국이 아무리 자국의 피해에 대해 항의한다고 해도 규약상으로나 세계인들의 시선으로나 대한민국에서 잘못된 조치를 취한 부분은 전혀 없었다. 오히려 규약을 어긴 중국 측이 불리해질 사안이었다.

물론 이 또한 국제 관계가 이전과 같은 모습이었다면 어림도 없는 일이었다.

그러나 대한민국은 현재 중국 다음 가는 아티팩트 수출 산업의 중심지로 떠오르고 있었다. 대한민국에서 수출하는 아티팩트들은 단연 독보적인 기능을 갖고 있었기 때문이다. 물량에서의 차이가 있을 뿐, 대한민국은 현재 명실상부한 최고의 아티팩트 수출국이었다.

무엇보다 다 죽어가는 사람도 살릴 수 있는 포션의 존재는 국제 외교에서 대한민국의 이름이 화두에 오르게 만들었다. 포션을 통한 외교가 시작된 이후 높아진 대한민국의 위상은 옛날과 비교하면 격세지감이 느껴질 정도였다.

더욱이 뉴 어스에서 이상 현상이 일어나고 있는 이때, 몬스터 웨이브에 각국이 촉각을 곤두세우고 있는 상황에서 중국은 더 이상 대한민국의 과감한 군사작전에 대해 제재할 수 없었다.

대한민국은 더욱 빨리 작전을 마무리하기 위해 최선을 다했다.

그런데 아직 북한 지역에 있는 게이트를 확보하지 못한

상황에서 몬스터 웨이브가 시작되었다.

몬스터 웨이브가 시작되기 전에 게이트를 확보한 뒤, 게이트 일대에 부비 트랩을 설치하여 최대한 피해를 줄이려 한 국군의 계획은 초장부터 틀어져 버리고 말았다.

✝      ✝      ✝

경기도 파주시 문산읍, 몬스터 대응군 사령부는 아침부터 분주하게 움직이고 있었다.

어제 황해남도와 황해북도의 연탄군과 수안군, 그리고 강원도의 판교군과 고산군, 원산까지 몬스터들의 처리가 완료되었다는 보고가 있었다.

그런데 새벽녘에 갑작스레 뉴 어스에 있는 뉴 서울 쉘터에서 몬스터 웨이브가 시작되었다는 전문이 도착했다.

뉴 서울이나 뉴 대전의 경우에는 이미 게이트 주변을 정리한 뒤 쉘터를 건설해 두었기 때문에 방벽을 발판 삼아 헌터들이 몬스터 웨이브를 상대할 수 있었다.

하지만 이북 지역은 달랐다.

이미 북한 정권은 사라진 지 오래였으니 몬스터를 제지할 그 어떤 것도 존재하지 않았던 것이다.

만약 몬스터 떼가 게이트로 몰려온다면 아무런 제지도 받지 않고 바로 게이트를 넘어올 것이 분명했다. 1차 몬스터 웨이브 때처럼 말이다.

그나마 다행이라면 아직 몬스터가 게이트에 도달하려면 거리상 이틀 정도 시간의 여유가 있다는 것이다.

하지만 이틀이라는 시간이 그렇게 긴 시간이 아니었다.

아무리 몬스터 웨이브 때 몰려오는 몬스터들이 소형, 중형, 그리고 중(重)형 몬스터들뿐이라고는 하지만, 쉘터에서 1차적으로 저지된 몬스터들을 상대하는 것과 그냥 마구 쏟아져 나오는 몬스터들은 상대하는 것은 분명 차이가 있었다.

대표적인 중(重)형 몬스터인 오거나 미노타우르스도 거의 달리는 전차와 같은 위력을 갖고 있었다.

특히 중(重)형 몬스터 중 짐승형 몬스터인 다이노스는 코뿔소와 비슷한 모습을 하고 있는 몬스터로, 몸에 육중한 중갑을 두르고 있는 몬스터였다.

들이받으면 50톤이나 되는 전차도 뒤집혀 버릴 정도로 엄청난 놈이다.

몬스터 대응군이 많이 강력해졌다고는 하지만, 수십만의 몬스터들이 게이트로 몰려나오면 과연 어떨 것인가.

몬스터 대응군 사령부에 있던 참모들은 골머리를 싸매고 있었다.

"현재 군은 어디까지 진출을 한 것인가?"

육군 참모총장인 정승한은 몬스터 대응군 사령관인 장성 필 중장을 보며 물었다.

장성필 사령관은 2년 전 국토 수복 작전을 성공적으로 마친 것에 대한 포상으로 소장에서 중장으로 진급을 하였 다.

원칙대로라면 보직을 바꿔 참모부로 들어갔어야 하지만, 그는 몬스터에게 점령된 이북지역까지 수복을 하여 대한민 국 영토를 한반도 전역으로 만들겠다는 포부를 가지고 있었 기에 군 참모부로 보직을 변경하는 것을 사양했다.

보직 이동이 되느니 차라리 전역을 하겠다는 강수를 두어 장성필은 지금의 자리를 고수하고 있었다.

"황해북도는 연탄군과 수안군까지, 강원도는 원산까지 수복되었습니다."

"그래?"

"하지만 금일 새벽 몬스터 웨이브가 시작되었다는 연락 이 온 이후, 더 이상 수복 작전을 펼치는 것은 위험하다고 판단하고 주둔 지역을 중심으로 저지선을 만들고 있습니 다."

장성필은 정승한 참모총장이 물어보지 않은 것까지 대답 했다.

중장이지만 그 또한 한 부대의 사령관으로서 작전권을 가지고 있다.

몬스터 웨이브가 고작 3일 거리에 있다면 무리하게 게이트를 찾아 다가가는 것보다 이쪽에서 방어선을 준비하는 것이 더 효율적이라고 판단한 것이다.

장성필은 군에 명령을 내려 더 이상 전진하지 말고 정지하라고 전달했다.

일부 지원사단의 경우 조금이라도 더 전과를 내고 싶은 욕심에 정지 명령에 따르지 않으려 하기도 했다.

하지만 상부에서 떨어진 명령을 정당한 사유 없이 불복하는 것은 큰 문제가 될 소지가 있었다.

장성필은 명령 불복 시 지휘관에 책임을 묻겠다는 강수를 두며 저지선을 구축하도록 했다.

정승한 참모총장도 장성필 중장의 말에 고개를 끄덕였다.

"잘했네. 괜히 전과를 올리겠다고 전선을 위로 올렸다가 자칫 게이트에서 쏟아진 몬스터에게 반격을 당할 수도 있으니……. 해군과 공군에도 협조 요청을 하고, 방어선의 구축 상황을 알아보도록 하게. 무슨 일이 있어도 게이트를 넘은 몬스터가 지금 형성한 저지선 밑으로 내려오면 안 돼."

"알겠습니다."

일반 군사작전의 경우 참모총장인 정승한 대장의 판단에

따르게 된다. 하지만 정승한 대장은 몬스터 대응군의 사령 관인 장성필 중장의 의견을 적극 참고하여 작전을 펴야 한 다고 생각했다.

몬스터 대응군과 해군, 그리고 공군 측에서 정확한 위치 가 어딘지 모를 평양 게이트에서 쏟아질 몬스터들을 저지하 고 있을 때, 육군 측은 신림동 게이트와 대전역 게이트에서 몬스터가 넘어오는 것을 대비할 생각이었다.

쉘터라는 1차 방어선을 거치지 않고 쏟아져 내릴 몬스터 떼를 육군만으로 감당할 수 있을 리 없었다. 비록 수는 적 다고 해도 몬스터에 대응할 수 있는 전력을 보유한 몬스터 대응군이 평양에 꼭 필요할 거라고 그는 생각했다.

신림동 게이트와 대전역 게이트의 경우 각각 쉘터에서 상 당한 숫자의 헌터들이 배치될 것이다. 그들이 1차적으로 몬 스터와 전투를 벌이고 나면 게이트가 뚫려 넘어오는 몬스터 들이 있다고 해도 평양에 비해 훨씬 적을 터였다.

그 정도라면 육군만으로도 민간의 피해 없이 방어해 낼 수 있을 것이다.

세상은 온통 몬스터들의 비명과 소음으로 가득했다.

그 수를 가늠할 수도 없는 까마득히 많은 몬스터들이 몰려들고 있었다. 일직선으로 달려오는 몬스터들의 모습은 마치 시커먼 해일이 덮쳐 오는 듯 보였다.

포대에서 쉼 없이 쏟아내는 곡사포와 기관총 진지로부터의 총탄이 그 해일에 박혀 들었다.

귀가 먹먹해지는 소리과 함께 나타난 수 대의 전폭기들이 온갖 미사일과 폭탄을 몬스터들의 머리 위로 떨어뜨렸다.

그때마다 몬스터들이 떼죽음을 당했지만, 몰려오는 숫자에 비해 터무니없이 적은 피해였다.

"아직이다, 자리를 지켜라! 대기!"

죽어가면서도 기를 쓰고 돌진해 오는 몬스터들의 모습에 움찔거리는 병사들 사이로 지휘관들이 목이 터져라 소리를 질렀다.

하지만 아무리 지휘관이 소리를 지르고 윽박질러도 밀려오는 공포를 막을 수는 없었다.

"으으, 살고 싶어요."

숨죽인 채 참호에 들어가 있던 한 병사가 고개를 숙이며 울부짖었다. 병사들의 표정에는 불안감이 역력했다.

지휘관은 애써 목청을 돋우며 호통을 쳤다.

"고개를 들어라! 네가 겁에 질려 있을 때 옆에 있는 전우들이 죽는다. 네 자신도, 뒤에 있는 가족들도 죽게 된다.

어서 고개를 들어!"

"무섭습니다."

"모두가 무섭다. 하지만 우리가 뚫리면 남쪽에 있는 가족들이 위험해진다. 정신 차리고 똑바로 대기해!"

"알겠습니다."

병사들을 달랜 지휘관이 몬스터들의 위치를 확인한 뒤 자리를 잡았다.

병사들은 목숨처럼 총을 붙든 채 떨었고, 손 안의 땀을 연신 닦아댔다. 그러는 동안에도 몬스터들은 계속해서 접근하고 있었다.

이윽고 몬스터들과의 거리가 줄어들고, 사격 범위 안에 들어왔다.

"쏴!"

지휘관 역시 전방을 향해 미친 듯이 가진 총탄을 퍼부어댔다. 탄피가 튀는 소리로 참호 안이 소란스러워졌다.

병사들은 이를 악물고 방아쇠를 당겼다. 조준은 아무 의미가 없었다. 전면의 어디를 겨냥하고 쏘든 적중될 만큼 몬스터들은 어마어마하게 많았다.

이전에 사용하던 5.56㎜ 탄은 몬스터에게 아무 소용이 없다. 1차 몬스터 웨이브 이후 군은 모든 총기의 구경을 7.62㎜로 바꾸었다.

구경만큼이나 강한 충격을 주는 총탄은 어느 정도의 소형 몬스터들을 상대할 수 있었다.

한쪽에서는 장교 한 명이 무전을 붙든 채 외치고 있었다.

"둥지! 여기는 너구리 3! 몬스터가 너무 많이 몰려오고 있다! 화력 지원을 요청한다! 다시 한 번 반복한다! 여기는 너구리 3……."

무전에 대고 몇 번이나 외친 장교는 재빨리 몸을 일으킨 뒤 몬스터들을 향해 총을 쏘기 시작했다.

무전을 친 지 약 2분 후, 그들의 앞쪽에 무수한 포탄들이 쏟아져 내렸다.

쾅! 쾅!

귀가 먹먹해지는 가운데, 병사들은 끊임없이 방아쇠를 당기며 몬스터들과의 거리가 가까워질 때마다 피가 말라가는 듯한 기분을 느껴야 했다.

✝         ✝         ✝

청와대 회의실.

현재 청와대는 제4차 몬스터 웨이브로 인한 비상 체제에 들어가 있었다.

아니, 정확히는 이북 지역을 몬스터로부터 수복하기 위해 작전을 펼치던 때부터 줄곧 비상 체제로 운영되고 있었다.

헌터 협회로부터 몬스터 웨이브의 징후가 포착되었다는 보고를 받은 이후 연일 국가안전보장회의[NSC]를 실시하고 있었다.

몬스터 웨이브가 시작된 이후부터는 특히 각지에서 들어오는 전황 보고를 모으고 대책을 세우느라 눈코 뜰 새 없이 바빴다.

현재 노승민 대통령은 국방부 장관인 박세득과 대화하고 있었다.

"현재 전선의 위치는 어떻습니까?"

평양 게이트로부터 몰려드는 몬스터들을 상대하고 있는 몬스터 대응군과 해군, 공군 연합군은 연일 밀리고 있었다.

황해북도와 강원도가 연결되는 지점에 저지선을 만들고 계속 공방전을 펼치고 있었지만, 몬스터들의 숫자가 너무 많은 탓에 계속 뒤로 물러서고 있는 상태였다.

"봉산군과 서흥군, 그리고 신계군까지 내린 상태입니다."

박세득이 지도의 한 곳을 가리키며 말했다.

노승민 대통령은 암담함을 느끼며 한숨을 내쉬었다.

간신히 국토를 수복하고 대한민국의 기상을 펼치려 하는 이때, 하필이면 몬스터 웨이브가 발생하여 국가 전체가 풍전등화의 위기에 처한 것이다.

다행인 점은 지난 2, 3차 몬스터 웨이브 때와는 달리 헌터들의 실력이 높아진 덕에 남한 쪽의 게이트는 아직까지 잘 막아내고 있다는 점이었다.

북한은 지난 3차 몬스터 웨이브를 막아내지 못하고 무너졌다.

대한민국 정부의 입장에서 북한의 정권이 붕괴된 것은 손해볼 일이 아니었으나, 평양에 남아 있는 게이트가 그대로 방치되어 있다는 것이 문제였다.

하다못해 몇 년만 몬스터 웨이브가 늦게 발생했다면 게이트까지 접근하고, 어쩌면 게이트 내부를 정리하고 쉘터를 세울 수 있었을지도 모른다.

"피해는 어느 정도라고 합니까?"

심각한 표정이 된 노승민 대통령은 침중한 어조로 피해 상황을 물었다.

그러자 합참의장인 장규진 대장이 자리에서 일어섰다.

"몬스터 웨이브가 시작이 된 지 4일째인 오늘까지 사망 120명, 부상 6,843명이 발생했습니다. 그중 중상자가 3,500명이라고 합니다."

대물 피해에 대한 언급은 일절 없었다.

물질적인 피해가 얼마나 되는지는 몬스터 웨이브가 다 끝나야 집계해 볼 수 있을 것이다.

그나마 정확히 파악할 수 있는 것은 인적 피해고, 이나마도 추산에 가까웠다. 실질적인 피해자는 더 많을 거라고 봐야 했다.

"……."

국가안전보장회의에 참석한 이들은 모두 침묵했다.

"사상자가 약 7천 명에 육박하는군요."

노승민 대통령이 어두운 얼굴로 말하자, 김종혁 국무총리가 나섰다.

"각하. 몬스터 웨이브가 시작된 지 4일이 흘렀습니다. 아직까지 사상자가 7천 명이라면 잘 막아냈다고 볼 수 있습니다. 더욱이 사망자가 120명이지 않습니까?"

"그렇습니다. 중상자의 수가 많아 사망자가 더 늘어날 수도 있겠지만, 이제까지 발생한 몬스터 웨이브의 피해를 감안하면 성공적으로 막아냈다고 볼 수 있습니다."

뭔가 생각하는 듯하던 노승민 대통령이 외교부 장관 쪽으로 고개를 돌리며 물었다.

"주변국에 도움을 청하는 것은 어떻게 되었습니까?"

몬스터 웨이브가 시작되었다는 보고가 있자마자, 노승민 대통령은 곧바로 동맹국에 지원 요청을 했다.

우방국인 미국과 근처에 있는 일본, 이북 지역에 대한 작전으로 사이가 틀어진 중국에까지 안면을 몰수하고 지원 요청을 보냈다.

요청을 보낸 지 얼마 되지 않아 중국에서는 지원해 줄 여력이 없다는 답변이 돌아왔다.

몬스터 웨이브의 조짐이 있다고 경고했음에도 불구하고 중국은 전 세계에서 가장 많은 헌터들을 보유한 국가라는 자만심에 빠져 방심하고 말았다. 몬스터들에 의해 쉘터가 침범당했고, 순식간에 몬스터들이 두 곳의 게이트를 넘어와 국토를 파괴하기 시작했다.

아수라장으로 변한 내부를 수습하기 위해 그야말로 정신이 없는 상태였다.

"미국 측은 몬스터 웨이브에 대한 대비를 워낙 철저히 한 덕에 별다른 피해 없이 막아내고 있는 모양입니다."

"그렇습니까. 지원 요청에 대해서는 뭐라고 합니까?"

"그것이……."

외교부 장관이 조금 어두운 얼굴로 고개를 떨구었다.

"다른 국가들은요?"

"……."

외교부 장관은 말을 잇지 못하고 입을 다물었다.

"설마 지원 요청에 응해온 나라가 하나도 없는 겁니까?"

보다 못한 국무총리인 김종혁이 대신 말했다.

"지원에 관해서는 아직까지 정확한 답변을 하지 않고 회피하고 있습니다."

노승민 대통령이 머리를 감싸쥐며 한숨을 내쉬었다.

이때 회의실의 문이 살며시 열리며 누군가 들어와 비서실장인 박완용에게 귓속말을 한 뒤 자료를 전달한 후 다시 나갔다.

"뭡니까?"

회의 중에 흐름이 끊기자 노승민 대통령이 박완용을 돌아보며 물었다.

전달받은 서류를 확인하던 박완용은 눈을 크게 뜨며 환한 얼굴로 벌떡 일어섰다.

"대통령님, 기뻐하십시오."

"뭔데 기뻐하라는 겁니까?"

노승민 대통령이 어리둥절한 얼굴로 물었다.

"전황이 좋아지기라도 한 겁니까?"

박완용이 웃으며 노승민 대통령에게 자료를 건넸다.

"방금 전 헌터 협회에서 공문이 날아왔는데, 뉴 서울의 몬스터 웨이브가 모두 끝났다고 합니다. 몬스터들을 전부 처리했답니다."

자리에 앉아 있던 NSC 위원들이 눈을 동그랗게 떴다.

"헌터들이 일치단결하여 몬스터 웨이브를 철저하게 대비한 것이 주효했다고 합니다. 별다른 피해 없이 마무리되었다는 소식입니다!"

박완용이 흥분한 얼굴로 외쳤다.

노승민 대통령은 재빨리 들고 있던 서류철을 넘기며 내용을 확인했다.

"이기동 회장을 이곳으로 불러주십시오."

"알겠습니다."

박완용은 연신 싱글벙글한 얼굴로 회의실을 나갔다.

"회의는 잠시 중단하겠습니다. 이기동 회장이 도착하는 대로 다시 시작하기로 합시다."

노승민 대통령이 정회를 선언하자, 몇 시간째 계속되는 회의에 지쳐 있던 위원들이 고개를 끄덕이며 자리에서 일어섰다.

잠시 동안 위원들은 짧은 휴식을 취하거나 몇 명씩 모여 회의 내용에 대해 의논하였다.

한 시간쯤 흐른 뒤, 박완용 비서실장이 이기동과 함께 회의장으로 들어왔다.

"안녕하셨습니까. 저를 찾으셨다구요."

"어서 오세요."

노승민 대통령은 유독 환한 얼굴로 이기동을 맞았다.

며칠째 심각한 상황에 놓여 있던지라 청와대뿐만 아니라 대한민국 전체 분위기가 침체되어 있었는데, 뉴 서울로부터 반가운 소식이 들려왔으니 기쁠 수밖에 없었다.

"물어볼 것이 있어 이 회장을 불렀습니다. 몬스터 웨이브로 바쁠 텐데 급히 불러 미안합니다."

"아닙니다. 무엇이 궁금하십니까?"

이기동이 차분한 얼굴로 물었다.

뉴 서울의 방어가 마무리된 지 얼마 되지도 않아 청와대로부터 급히 연락이 도착했다. 뉴 서울 쉘터의 헌터 협회 지부에 머물고 있던 그는 연락을 받자마자 게이트를 넘어 청와대까지 온 것이었다.

사실 이기동은 뉴 서울의 소식을 보고하면서 무언가 언질이 있을 거라고는 생각했지만 청와대로 와달라는 연락이 올 줄은 몰랐기에 살짝 당황한 상태였다.

"보고에 의하면 뉴 서울에서 몬스터 웨이브를 막아내던 중 사상자가 다수 발생하긴 했지만 재앙에 가까운 이전의 몬스터 웨이브를 생각하면 미비한 수준이라고 하는데, 어떻게 해서 그렇게 적은 피해로 막아낼 수 있었는지 자세히 듣고 싶어 불렀습니다."

노승민 대통령의 질문에 이기동은 그제야 무엇 때문에 자신이 청와대로 불려오게 된 것인지 알고 안심한 듯 고개를 끄덕였다.

이기동은 차분하게 뉴 서울의 몬스터 공방전에 대해 자세

헌터 프론티어

히 설명을 하였다.

"전쟁에 직접 참여하지는 않았지만, 쉘터 방벽에 있는 지휘소에서 현장을 지켜보고 있었기에 실제 현장에서 있었던 일과 그리 차이가 있지는 않을 겁니다."

이기동의 설명은 사실 특별한 부분은 없었다.

몬스터와의 거리와 이동 방향을 미리 포착했으니, 대비를 하는 것도 그리 어렵지 않았다.

쉘터 방벽 앞에 함정을 파고, 방벽 주위로는 깊은 해자를 팠다. 해자와 함정 사이에는 인화성 물질을 잔뜩 파묻어 몬스터들이 몰려들었을 때 불을 질렀다.

회의장에 있던 이들은 모두 감탄을 금치 못했다.

꼭 중세 시대 공성전을 떠올리게 하는 작전이 아닌가.

"함정을 통해 몬스터들의 수가 어느 정도 줄긴 했지만, 몬스터들의 수가 워낙 많고, 계속해서 몰려들었기 때문에 중간중간 계속 보수해야 했습니다."

"그렇겠군요. 몬스터들이 몰려드는 상황에서 어떻게 보수를 한 겁니까?"

"아케인 클랜의 클랜장이 많은 도움을 주었습니다. 아머드 기어 부대가 시간을 끌고 있는 동안 함정을 보수하고, 잠시나마 몬스터들이 몰려오지 않게 시간을 끌어주기도 했지요."

이기동이 설명하자, 김종혁 국무총리가 고개를 갸웃거렸다.

"정정진 클랜장이 그렇게 엄청난 능력자였단 말입니까?"

이기동이나 헌터들은 눈앞에서 정진의 능력을 목격했지만, 이기동의 설명만 들은 이들은 도무지 정진의 능력이 어떤 것인지 감이 오지 않았다.

인간이 맞는지 의심될 정도의 능력이 아닌가.

그에 비해 노승민 대통령을 비롯한 몇몇 인사들은 어느 정도 이해하고 고개를 끄덕였다.

정진의 진정한 능력에 대해서는 잘 알지 못했지만, 아티팩트나 포션을 만들어내는 세계 유일의 마법사인만큼 뭔가 더 대단한 능력을 가지고 있을 거라 짐작하고 있던 것이다.

"사실입니다. 저만 그것을 본 것이 아니라 뉴 서울에 있던 많은 헌터들과 협회 간부들이 전부 목격한 일입니다. 정정진 클랜장은 뉴 서울의 공방전이 끝나자마자 아케인 클랜의 간부들과 뉴 대전으로 지원을 갔습니다."

"허허……."

"대단한 인물이군요."

정승한 육군참모총장은 자신도 모르게 머릿속으로 생각하던 말을 입 밖으로 꺼냈다.

그러나 그 자리에 있는 누구도 그 말을 부정하거나 의심하지 않았다.

"말해 무엇 하겠습니까."

노승민 대통령이 고개를 주억거리며 말했다.

"네? 그게 무슨 말씀이십니까?"

"그가 바로 포션을 만든 장본인이오."

"그랬군요. 어느 정도 짐작은 하고 있었습니다만, 역시 매직 웨폰을 만든 정정진 클랜장이 포션을 만들었군요."

"그렇습니다. 정정진 클랜장은 포션을 만들고도 개인의 이익을 추구하지 않고 우리 대한민국의 발전에 이바지하는 데 도움을 주었습니다."

"뉴 서울의 몬스터 웨이브가 끝났다면 현재 그곳의 헌터들은 무엇을 하고 있습니까?"

조용히 이야기를 듣고 있던 노병찬 안보수석이 물었다.

"현재는 정비를 하고 있습니다. 정비가 모두 끝나면 뉴 대전으로 지원을 갈 계획입니다."

이기동의 대답을 들은 국가안전보장회의 위원들이 서로의 얼굴을 돌아보며 웅성거렸다.

이기동은 조용히 회심의 미소를 지었다.

사실 이기동은 뉴 서울에서 정비하고 있는 헌터들을 뉴 대전으로 지원 보낼 생각이 없었다.

이북 지역을 수복하기 위한 작전을 하고 있음을 안 이기동은 뉴 서울의 방어가 끝났다는 보고를 올리면 정부 쪽에서 반응이 있을 거라고 예상했다.

뉴 대전 쉘터 쪽으로는 정진이 아케인 클랜원들을 데리고 이동했으니, 뉴 대전 쪽 역시 몬스터 웨이브가 금방 끝날 것이라 판단한 것이다.

헌터들이 그저 대기하고 있다고 하면 정부가 이북 지역의 전장으로 강제 동원할 것 같다고 생각한 이기동의 예상은 적중했다.

고민하는 듯하던 노승민 대통령이 이기동에게 말했다.

"뉴 서울 헌터들의 정비가 끝나면, 헌터들을 파주 쪽으로 보내줄 수 없겠습니까?"

"파주요?"

"현재 국군은 평양 게이트에서 나온 몬스터 웨이브를 막기 위해 황해북도에 전선을 구축하고 있습니다. 하지만 너무도 많은 몬스터로 인해 전선이 점점 밑으로 밀리고 있습니다."

노병찬 안보수석은 한 시간 전의 회의 내용을 이기동에게 간략하게 설명해 주었다.

"평양 게이트……."

이기동은 그제야 한반도에 신림동 게이트와 대전역 게이트 외에 또 하나의 게이트가 있었다는 것을 상기했다.

"알겠습니다. 최대한 빠른 시일에 정비를 마치고 헌터들을 그곳으로 보내겠습니다."

이기동은 현재 상황이 결코 낙관적이지 않다는 것을 깨닫고 뉴 서울의 헌터들을 보내기로 했다.

〈『헌팅 프론티어』 제11권에서 계속〉